悉达多

SIDDHARTHA

〔德〕赫尔曼·黑塞 著
张佩芬 译

北方文艺出版社
·哈尔滨·

图书在版编目（CIP）数据

悉达多 /（德）赫尔曼・黑塞著；张佩芬译 .
哈尔滨：北方文艺出版社，2024. 6（2024.10 重印）
ISBN 978-7-5317-6271-3
Ⅰ . I516.45
中国国家版本馆 CIP 数据核字第 2024TX4504 号

悉达多

XIDADUO

作　者 / [德] 赫尔曼・黑塞
译　者 / 张佩芬
出版发行 / 北方文艺出版社
发行电话 /（0451）86825533
地　址 / 哈尔滨市南岗区黄河路宣庆小区一号楼
印　刷 / 德富泰（唐山）印务有限公司
字　数 / 90 千字
版　次 / 2024 年 6 月第 1 版
书　号 / ISBN 978-7-5317-6271-3

责任编辑 / 邢也
邮　编 / 150008
经　销 / 新华书店
网　址 / www.bfwy.com
开　本 / 880mm × 1230mm　1/ 32
印　张 / 4.25
印　次 / 2024 年 10 月第 2 次印刷
定　价 / 48.00 元

目 录 CONTENTS

Part01 | 第一部

婆罗门的儿子

悉达多，这个婆罗门的漂亮男孩，是在楼房的阴影里，在阳光下河滩边的小船里，在沙尔瓦德树和无花果树的浓荫下长大的，这只年轻的鹰是和他的好朋友戈文达——另一个婆罗门的儿子在一起长大的。当他在河岸边沐浴、做神圣的洗礼、做神圣的献祭的时候，阳光晒黑了他光滑的肩膀。当他在杧果树丛里玩儿童游戏时，在倾听母亲唱歌时，在做神圣的献祭时，在聆听自己父亲和教师的教诲时，在和智慧的长者谈话时，他那双乌黑的眼睛里常常会流露出一抹阴影。悉达多早已参加智慧长者们的谈话，他和戈文达一起潜心修习过辩论、静观和禅定之术。他早已懂得如何无声地念诵“唵”[1]，这是个意义深刻的字，他不出声地吸一口气，说出这个字，又不出声地呼一口气，说出这个字，他是集中了自己全部精神念诵的，额头上闪烁着体现灵魂

1 唵(Om)，印度婆罗门教中祈祷时的一个音节，这个本身并无意义的音节，却是婆罗门教神秘学说的象征。

纯净的光辉。他早已懂得，如何在自己生命内部掌握阿特曼[1]，使自己不可摧毁，使自己和宇宙完全一致。

因为有这么个儿子，父亲内心充满了欢乐，他眼巴巴地望着他成长，把他视为一个有教养的人，一个渴求知识的人，一个伟大的哲人和僧侣，总而言之，是婆罗门人中的一个贵族。

当母亲看见自己儿子的时候，看着他走路、坐下、站立的时候，她的胸膛里就会跃动着狂喜的情感，悉达多，这个双腿修长的、以无懈可击的仪态向她致意的年轻人，是一个最强壮、最美丽的孩子。

年轻的婆罗门姑娘的心为爱情所搅动扰乱，因为她们看见了悉达多走过城里的大街小巷，看见了他那闪光的额头、帝王似的眼睛和瘦削的腰身。

但是他的朋友戈文达，这个婆罗门的儿子，却比所有一切人都更爱他。他爱悉达多的眼睛和温柔的声音，他爱他的步态和完美无缺的仪容举止，他爱悉达多的一切言行，而他最爱的是他的灵魂，他的高贵的、火一般的思想，他那些炽热的愿望以及他的崇高使命。戈文达明白，这个人将来不会是一个普通的婆罗门教徒，不会是一个腐败的小官员，不会是一个只会念咒语的贪心商人，不会是一个自命不凡、空话连篇的演说家，不会是一个诡计多端的坏僧侣，当然更不会是畜群里一只善良而愚蠢的绵羊。不会的，就连他戈文达，也不愿意成为这其中任何一类人，即或有成千上万个这样的婆罗门人。他愿意追随悉达多，这个最可爱的、最美妙的人。当悉达多有朝一日成为一个神道，终于到达光辉灿烂的境界时，戈文达也将自愿追随他而去，做他

1　阿特曼(Atman)，印度婆罗门教中一种宗教意境的称呼，也可译为“自我”或“灵魂”。

的朋友，他的伴侣，他的仆人，他的护卫，他的影子。

他热爱悉达多的一切。他乐意为他干一切事，一切都令他兴趣盎然。

但是悉达多却不快活，内心很不满足。他在无花果园的玫瑰小径上漫步，在小树林的蓝色阴影下小憩，眺望四周，按日对自己的四肢做例行的赎罪洗涤，在杧果树的浓荫下参加祭祀，他的举止、体态优美无比，他为所有的人所爱，给所有的人以欢乐，然而他自己内心却没有丝毫欢乐。他做了许多梦，不知疲倦地思索了又思索，从那流逝不停的河水、熠熠闪光的星星、一束束太阳光芒中，获得了许多许多梦；从献祭仪式、《梨俱吠陀》[1]的诗句、婆罗门老人的教诲中，获得了永不平静的灵魂。

悉达多心中开始滋生不满。他开始感觉到，自己父亲的爱，母亲的爱，甚至好朋友戈文达的爱，并非永远、也并非任何时候都能使他幸福，使他平静，使他餍足和满意。他开始预感到，自己尊敬的父亲和其他老师，这些聪明的婆罗门人已把他们最好的、大量的智慧都传给了他，他们已把他们的知识统统注入了他那期待着的容器之内，但是这个容器并没有盛满，他的精神并没有满足，灵魂并不安宁，这颗心也并没有获得平静。洗礼当然很好，但它们终究是水，它们不可能洗去罪孽，不可能治愈精神上的渴求，不可能解救心灵的恐惧。献祭仪式和神灵召唤当然是极好的事，但是这能代替一切吗？献祭能不能

1　婆罗门教、印度教最古老的经典。约公元前二千至前一千年成书。用古梵文写成，主要是对神的赞歌、祭词、咒词等，流传于印度西北部。最古老的《吠陀本集》有四部，《梨俱吠陀》是其中的一部，其他三部是：《娑摩吠陀》《夜柔吠陀》《阿闼婆吠陀》。这四本合称为《吠陀》。

带来幸福？而神灵又能有什么作为呢？世界果真是生主[1]所创造的吗？阿特曼，它果真是独一无二的吗？真是宇宙之总和吗？难道塑造神灵的形象和塑造你我的形象完全不同，并不受时间的约束，并非是暂时的吗？向神灵祭献是好事、是正确的事、是一种充满意义而至高无上的行动吗？除去他，除去独一无二的至上的阿特曼，还可以向别的什么祭献，向别的什么表示崇敬吗？何处可以找到阿特曼呢，他住在哪里，他那永恒的心在何处搏动？在最内在的、最不可摧毁的自我中，还可能存在其他什么，是每个人都具备的吗？但是在何处可以找到这个自我，这个最内在、最后的自我呢？它不是肉或骨头，也不是思想或者意识，这就是那些最富有智慧的长者所开导他的。但是智慧在何处，究竟在何处呢？它如何才能渗入自我、渗入阿特曼之中呢？——是否存在另一条道路，值得去探索追寻呢？天哪，没有人可以指出这条道路，没有人能够开导他，不论是父亲、老师、智慧长者，还是祭献时的赞美歌曲！他们什么都知道，这些婆罗门人和他们的神圣书籍，他们知道一切，以便自己能照管一切，甚至还远远超过这些，他们还知道世界的创造过程，知道如何演讲、进餐、吸入空气和呼出空气，知道思想意识的规律以及神道们的事迹——他们所知道的东西简直是无穷无尽。但是如果人们唯独不知道那独一无二的、那仅有的重要东西，那么知道世界所有一切又有什么价值呢？

的确，许多圣书中记载着无数诗句，尤其是在《娑摩吠陀》[2]里，讲到了这些最内在的、最终极的东西，真是些美丽的诗句。里面写

1　印度神话中对创造之神的一种称谓。
2　见第5页注。

着：“你的灵魂便是整个世界。”其中还写着，人们睡觉时，在深深入眠时，便进入自己最深的内在之中，便居留于阿特曼之中。在这些诗句中记载着惊人的智慧，世界上最聪明的人的一切知识都收集汇总在这里，成为有魔力的语言，纯粹得好似蜜蜂所收集的蜂蜜。不能小看低估这一代接一代无数聪明的婆罗门人所收集和保存在这里的巨大的知识财富，绝不能小看低估。——但是有没有哪个婆罗门人，哪个僧侣，哪个智者或忏悔者达到了如下目的：不仅懂得这些最深刻的知识，而且是靠它生存？有没有哪个专家精通于将沉湎于阿特曼的人从入魔似的睡眠中呼唤出来，让他清醒，进入生活，举步前进，说话干事？悉达多认识许多可敬的婆罗门人，首先是他的父亲，一个最纯粹、有学问、德高望重的长者。父亲是令人钦佩的，他的举止沉稳而高贵，他的生活纯洁，他的语言优美，他的头脑里有着无数明智、高贵的思想。——但是即使是他，这位知识如此丰富的人，生活在幸福中的人，他是满足的吗？难道他不也是一个探索者，一个渴求者吗？他不也是要一再重新返回到神圣的源泉边，像一个饥渴已久的人使劲痛饮，从祭献礼中，从书籍中，从婆罗门人那些变化多端的演说中使劲吸取养料？为什么他这个无可非议的人必须每天忏悔，必须每天净身，必须每天让自己成为新人？难道阿特曼不在他身上，难道古老的源泉没有流过他自己的心？人们必须找到它，在自我身上找到古老的源泉，人们必须让它变为自己所有！其他的一切便只是探寻、弯路和歧途而已。

悉达多如此思索不已，这些就是他的渴求，就是他的烦恼。

他常常高声朗读《韵律学·吠陀支》[1]里的名言："毫无疑问，梵天之名即为真理——真的，谁懂得这些，谁就会日日得入天国之门。"悉达多常常觉得自己已接近这个极美妙的世界，但是却从不曾真正达到，从未能解决自己的最后渴望。所有的聪明人以及那些最聪明的长者，凡是悉达多所熟识并从他们身上吸取教诲的人，他认为他们中间并无一人完全达到了这个极美妙的境界，这个能彻底解决他们永恒渴望的美妙世界。

"戈文达，"悉达多对他的朋友说，"戈文达，亲爱的，和我一起到榕树下去，我们要好好沉思一下。"

他们一起来到榕树下，坐下来，悉达多在这边，戈文达距离他二十步远。当他们坐停当，一切都准备就绪，便开始念"唵"，悉达多喃喃地重复念着几行诗句：

唵是弓，灵魂是箭，
婆罗门便是箭矢之的，
人们为达目的不折不挠。

当正常的沉思潜修时刻已过时，戈文达站起了身子。黄昏已经降临，正是进行傍晚沐浴的时刻。他呼唤悉达多的名字。悉达多却没有回答。悉达多坐着出了神，他的双目呆呆地凝视着某个非常遥远的目标，他的舌尖略略伸出在两排牙齿的中间，似乎已经停止了呼吸。他

1　婆罗门教的附属经典。从属于《吠陀》的六类书，多半是经体，即便于记诵的歌诀。这六类书包括：(1)劫波经(祭祀、礼仪)；(2)式叉(语音学)；(3)语法；(4)尼禄多(语源学)；(5)韵律学；(6)天文学。

坐着，沉潜在禅定之中，默诵着“唵”，他的灵魂已成为箭矢射向婆罗门。

这时候，有几个沙门途经悉达多所在的城市，他们是去朝拜圣地的苦行僧，一共三个人，他们干枯憔悴，既不老也不年轻，风尘仆仆，肩头流着血，身上几近赤裸，皮肤都被太阳晒得焦黑，他们生活在孤独之中，对世界既陌生又敌视，他们是人类王国中的异类和贱民。从他们身后吹来一阵浓烈的气味，它们是由沉默的痛苦、艰辛的磨炼和无情的自我修持所形成的气味。

黄昏时，在修习完禅定的功课之后，悉达多对戈文达说：“我的朋友，明天一清早，悉达多便要走上苦行僧的道路。他要成为一个沙门。”

戈文达顿时脸色苍白，他听见了悉达多的话，同时在自己朋友不动声色的脸上看出了一种决心，一种离弦的飞矢似的不可偏转的决心。戈文达一眼就看清：事情开始了，如今悉达多将要走他自己的路，如今悉达多的命运萌发了新芽，而自己却把命运和他联系在一起。于是戈文达的脸色黄得像一只干枯的香蕉皮。

“噢，悉达多，”他叫道，“你父亲会允许吗？”

悉达多如梦初醒似的朝朋友望望。他也一眼便看透了戈文达的灵魂，看出了他的恐惧和懦弱。

“噢，戈文达，”他轻轻说道，“我们不要白费唇舌了。明儿天一亮我就要开始自己的苦行僧生活。请不必再说什么了。”

悉达多走进屋子，他父亲正坐在一张麻织的席子上。他走到父亲身后，站了好一会儿，直到父亲感到有一个人站在背后。这个婆罗门人问道："是你吗，悉达多？请说吧，你想和我说什么。"

悉达多说道："我要得到你的允许，我的父亲。我是来告诉你，我想明天早晨离开家，去过苦行僧生活。我要去当一个沙门，这就是我的请求。但愿我的父亲不反对我这么做。"

这个婆罗门人一声不吭，沉默了很久很久，直到小小的玻璃窗上星星闪烁，直到它们改变了图像，房间里的沉默才告终结。儿子交叉着胳膊一动不动地默默站在那里，而父亲也一动不动地默默坐在席子上，只有星星在天空中移动着位置。这时父亲说道："婆罗门人是不善于讲那些愤怒激烈的话的。但是我的心很不满意。我不愿意从你嘴里第二次再听见这个请求。"

婆罗门人慢慢站起身来，悉达多仍然交叉着胳膊不声不响地站着。

"你还在等什么？"父亲问。

悉达多回答："你知道我在等什么。"

父亲怒气冲冲地走出房间，愤愤地摸到自己的床前躺下了。

一个钟头过去了，这个婆罗门人的眼睛仍睁得老大，毫无睡意，他从床上爬起来，在房间里踱来踱去，后来又走出了房子。他透过小房间的小窗户往里看，看见悉达多仍然交叉双臂站在那里，一副不可动摇的模样，浅色的上衣闪烁着苍白的光。父亲心里很不平静，又回到自己的卧室。

又一个钟头过去了，婆罗门人仍是一点睡意都没有，他又从床上爬起来，在房间里来回踱步，然后又走出了房子，仰望了一下升起的月亮。他重又透过小房间的窗户朝里看，见悉达多还是双臂交叉地站在那里，月亮照亮了他赤裸的小腿。父亲心里忧虑重重，又摸索着回到自己的卧室。

一个钟头后他又这么重复了一遍，再过了一个钟头又重复一遍。他透过小小的窗户，看见悉达多仍然站着，在月光下，在星光下，在黝黯的夜色里。一个钟头又一个钟头过去了，他沉默无言，望着房间里面，望着那不可动摇地站着的人，心里充满了愤怒，充满了不安，充满了惧怕和痛苦。

在天亮前的最后一小时里，他重又走进房间，看着站在自己面前的年轻人，觉得儿子长高了，变得陌生了。

“悉达多，”他说，“你还在等什么？”

“你知道我在等什么。”

“你想一直站着等到天亮，等到中午，等到晚上？”

“我要一直站着，一直等着。”

“你会累坏的，悉达多。”

“我是会累坏的。”

“你得去睡觉，悉达多。”

“我不去睡觉。”

“你会死的，悉达多。”

“我是会死的。”

“你宁愿去死，也不愿听从父亲的话？”

“悉达多永远听从父亲的话。”

“那么你还不想放弃自己的打算吗？”

“悉达多将要按照他父亲说的去做。”

熹微的晨光照进了房间。婆罗门人看到，悉达多的膝盖在微微颤抖。而悉达多的脸仍显得那样坚毅，一双眼睛注视着远方。这时父亲意识到悉达多已经不在自己身边，已经不在家乡的土地上，他已经离开父亲和家乡了。

父亲抚摸着悉达多的肩膀。

他说："你要到树林里去，你想成为一个沙门。如果你在树林里找到了极乐，那么你就回来把极乐传授给我。如果你只是找到了失望，那么你就回转家来，让我们再一起向神道献祭。你现在走吧，去和母亲吻别，告诉她，你将到何处去。现在正是我去河边的时候，我要去完成今天的第一次沐浴。"

他抽回搁在儿子肩上的手，向外面走去。悉达多身子摇晃了一下，似乎他也要往外走。但是他强忍着不去追随父亲，而是按照父亲的吩咐去向母亲告别。

当他在初照的阳光下，迈动麻木僵硬的双腿慢慢离开这座仍然静寂的城市时，在城外一所茅屋边，有一个蹲着的人影朝他直起身来，他认出这个朝圣者——正是戈文达。

"你来啦。"悉达多说，同时微微一笑。

"我来了。"戈文达回答。

和沙门在一起

当天傍晚时分，他们赶上了那些苦行僧，那些枯瘦的沙门。他们请求允许同行并表示愿意听从沙门的教导。他们被接纳了。

悉达多把自己的漂亮衣服送给了路边一个穷苦的婆罗门人。他只用一条带子遮住自己的羞处，身披一件没有缝边的暗褐色大斗篷。他每天只进餐一次，而且是未经烹调的食物。随后，他斋戒十五天，然后又斋戒二十八天。他脸上和大腿上的肉逐渐瘦下去。从他那双越来越大的眼睛里闪烁出炽热的幻想，从他那些干枯的手指上生长出长长的指甲，下巴上的胡子也显得干枯和蓬乱了。当他遇见女人的时候，他的目光变得冷冰冰的；当他穿过一个市区，看见那些衣着华丽的人时，他的嘴唇轻蔑地一撇。他看见商人们做买卖，贵族们出外狩猎，服丧者为死人大声号哭，妓女奉献色相，医生照看病人，僧侣们为播种选定吉日良辰，情人们相亲相爱，母亲们抚拍自己的小宝贝——然而所有这一切在他眼里都毫无价值，一切都是欺骗，它们臭气熏天，散发出欺骗的恶臭，一切都是假象，而装得却似乎有思想、很幸福、很美好的样子，实际上全都在无可奈何地腐烂变质。世界的味道很苦涩。生活是痛苦的。

悉达多眼前只有一个目的，也是唯一的目的：摆脱一切，摆脱渴望，摆脱追求，摆脱梦想，摆脱欢乐和痛苦。听任自己死亡，心里不再有自我，在摆脱了一切的心里找到宁静，在消失了自我的思想里听任奇迹出现，这便是悉达多的目的。倘若自我在一切中消失不见，倘若自我业已死去，倘若每一种追索和探寻的欲望在心中俱已沉寂，那么这最后的、最内在的本质便会觉醒，这也就不再是自我，而是那个神圣秘密了。

悉达多默默地站在直射的烈日下，忍受着痛苦和干渴的煎熬。他就这样站着，直至自己不再感到痛苦和干渴。雨季时，他默默站在雨下，任凭雨水从他的头发上往下滴落到冻僵的肩头，滴落到冻僵的髋部和双腿，但是那个悔罪者却站着不动，直至肩膀和双腿不再感到寒冷，直至它们都变得麻木，直至它们都不再动弹。悉达多默默地蹲在荆棘藤蔓间，灼痛的皮肤流出了鲜血，溃疡的伤口流出了脓水，而他神情木然地蹲着，纹丝不动地蹲在原地，直至鲜血不再淌流，直至没有刺伤感，直至没有灼痛感。

悉达多直挺挺地坐着，学习如何减少呼吸，学习如何略微呼吸便可维持生命，学习如何屏息敛气。他还学习如何让自己一开始呼吸就使心跳逐渐平息，学习如何尽量降低心跳的次数，减少到极少的程度，直至几乎完全没有声息。

悉达多从这批沙门中的年长者的身上学习如何自我解脱，如何沉思潜修，如何遵循新的沙门法规。一只苍鹭飞过竹林上空，刹那间，悉达多把自己的灵魂和苍鹭合为了一体，他高高飞翔在树林和群山之上，他变成了一只苍鹭，吞食鲜鱼，他具有苍鹭的饥饿感，他发出苍鹭般的叫声，他像苍鹭一样死去。一只已经死了的豺狼躺在沙滩上，悉达多让自己的灵魂潜入了这具尸体之中，于是他成为一只死豺狼，躺卧在沙滩上，逐渐膨胀、发臭、腐烂，被鬣狗撕得粉碎，被兀鹫剥去了外皮，逐渐化为残骸，化为尘土，被风吹散到四处各地。悉达多的灵魂经过死亡、经过腐烂、经过化为尘土后，又转回来了，他已品尝了轮回循环的阴郁滋味，像一个猎手似的怀着新的渴望期待着冲出缺口，以逃脱这种轮回循环，找到事由的结局，开始无痛苦的永恒境界。他杀死自己的意识，他扼死自己的回忆，他让自我潜入上千种陌生的躯体之中，例如：动物、尸体、石块、木头、流水，但是每一回他总是又惊醒过来，时而在阳光下，时而在月光下，仍然还是他自己，在轮回循环中摇摇摆摆，感到渴望，制服渴望，又重新感到新的渴望。

悉达多从这些沙门那里学到了很多东西，他学会了脱离自我的法门。他经历了痛苦，经历了自愿受罪，制服了苦恼、饥饿和渴望之后，走上了一条摆脱自我的道路。他通过沉思冥想，通过对一切概念的空洞思维，走上了一条摆脱自我的道路。他学会了走这一条道路和另一条道路，他成百上千次脱离了自我，他让自己在非我中停留几个钟头，甚至几天之久。尽管这条道路启程时使他离开自我，但道路的终点却终究是回到自我。尽管悉达多千百次逃开自我，逗留在虚无之中，逗留在野兽和石块之中，回归仍然是不可避免的，他无法挣脱这一重新寻获自己的时刻，不论是在日光下还是在月光下，不论在树荫里还是在大雨中，他总会重又变回自己，变回悉达多，他重又感觉到承受轮回循环的痛苦。

戈文达生活在他身边，是他的影子，和他走着同一条道路，经受着同样的磨难。他们除了谈论自己的修行和练功问题外，很少交谈其他事情。两个人有时候为自己也为他们的老师，一起走街串巷去乞讨食物。

“戈文达，你有什么想法？”有一次他们在乞讨途中，悉达多问他的朋友道，“你是否认为我们已经走得够远了？我们达到了目的吗？”

戈文达回答说：“我们学习了很多，我们还要继续学习。你会成为一个伟大的沙门的，悉达多。你迅速学会了每一种苦修的法门，使那位年长的沙门常常惊讶万分。你总有一天会成为一个圣人的，悉达多。”

悉达多回答道：“我并不这么认为，我的朋友。这些日子和众沙门待在一起，我是学到了一点东西，戈文达，这是因为我有能力学习得如此迅速而利落。如果我待在妓女云集的小酒馆里，我的朋友，生活在马车夫和赌棍中间，我也能够学习到很多很多。”

戈文达说：“悉达多在和我开玩笑。你是如何沉思潜修的，你是如何屏息敛气的，你是如何忍受饥饿和痛苦的，难道能够从这些可怜人那里学会这些？”

悉达多却好像是在自言自语似的轻声说道：“什么是沉思潜修？什么是脱离躯壳？什么是斋戒？什么是屏息敛气？通通不过是想要逃离自我，不过是一种短暂的摆脱自我存在的苦恼，不过是一种对抗痛苦和生活的无意义的短暂麻醉。一个牧牛人可以在小客栈里找到同样的摆脱，同样的短暂麻醉，只要他喝上几碗米酒或者发酵过的椰子牛奶，他便不再有自我存在的感觉，不再感觉到生活的苦恼，会找到短暂的麻醉。那个牧牛人喝过几碗米酒后在微睡状态中所寻得的东西，正是悉达多和戈文达所找到的同样的东西，而他们则是通过长期的摆脱自己的躯壳的苦修，通过逗留在非我中才取得的。事实便是如此，戈文达。”

戈文达接着说道：“这是你的说法，朋友，但是要知道，悉达多并不是牧牛人，而一个沙门也并不是一个酒鬼。喝醉酒的人可以找到麻醉，可以找到短暂的摆脱和休息，但是当他从幻觉中醒来时，发觉一切都是老样子，他并没有变得更聪明些，并没有积累什么知识，也并没有让自己进入更高的境界。”

悉达多微笑着说：“我不知道你说的对不对，因为我没有喝醉过。但是我，悉达多，从自己苦行实践和沉思潜修中找到的那些仅有的极短暂的麻醉中知道，自己距离智慧，距离获得拯救也同样十分遥远，就像一个尚未脱离母体的婴儿，我知道的，戈文达，我知道的。”

后来又有一次，悉达多和戈文达一起离开树林走进村子，为他们的师兄弟和老师乞讨食物时，悉达多又开始谈到这个问题，说道：“怎么样，戈文达，我们的道路是否正确？我们也许已经更接近智慧了？我们也许已经更接近解脱了？或者我们只是在兜圈子——而我们，还自认为正在脱离这种循环？”

戈文达说道：“我们已经学到了很多，悉达多，还有很多正等待我们去学习。我们并没有兜圈子，我们正在往上走，这圆圈是螺旋形的，我们已经上了好几级台阶。”

悉达多回答说：“你可知道，我们那位最年长的沙门，我们尊敬的老师，现在高寿多少？”

戈文达说：“我们这位老人大概是六十岁左右吧。”

悉达多说：“他已经六十高龄，但还不曾达到涅槃境界。他会活到七十岁，活到八十岁，而你和我，我们也会活到这么老，我们将要不断磨炼，不断斋戒，不断反省。但是我们还远远达不到涅槃境界，他不行，我们也不行。噢，戈文达，我相信，我们这里所有这些沙门中，也许没有一个人，没有一个人会达到涅槃境界。我们找到了慰藉，我们获得了麻醉，我们学习种种修行技巧以求得自我迷醉。然而最根本的是，我们没有找到那条路中之路。”

“请别这样说，”戈文达表示了不同意见，“请别说这种可怕的话语！悉达多！难道在这么多有学问的长者中，在许许多多婆罗门人中，在这么多严格律己的可敬的沙门中，在许许多多探索者、许许多多努力勤勉的人、许许多多圣洁的人中，就没有一个人会找到这条路中之路？”

但是悉达多只是用一种含有悲哀和嘲讽的声调，轻轻地说道：“过不了多久，戈文达，你的朋友就要离开这条和你一起走了很久的沙门的狭路了。我受着渴望的煎熬，噢，戈文达，而在这条漫长的沙门的道路上，我的渴望之感丝毫也没有减少。我始终渴求着新的知识，我心里始终充满了疑问。年复一年，我向婆罗门人求教。年复一年，我向神圣的《吠陀》求教。噢，戈文达，也许我向犀鸟求教，或者向黑猩猩求教，也会获得同样的智慧，同样的教益。噢，戈文达，为了学习，我已经耗费了很多很多时间，却没能到达终点：没能到达无物可学的终点！于是我认为，事实上并不存在那个我们称之为‘学习’的东西。噢，我的朋友，事实上只存在一种知识，它是普遍存在的，它就是阿特曼，它存在于我身上，存在于你身上，存在于一切生物之中。于是我便开始相信：求知欲望和学习愿望恰恰是这种知识的可恨的仇敌。”

戈文达在半路上呆住了，他高高举起双手，说道：“悉达多，请千万别用这种言论使你的朋友惊恐万状！真的，你这番话在我心里引起了恐惧。只要想一想，倘若一切正如你所说的，倘若学习并无意义，那么还谈什么祈祷的神圣性，什么婆罗门人的德高望重，什么沙门僧的虔诚呢？有什么东西，噢，悉达多，世上万物有什么可算是神圣的、有价值的、可尊敬的呢?!”

这时戈文达喃喃地念了一首诗，这是《奥义书》[1]里的一首诗：

谁潜心于阿特曼之中，
沉思默想，灵魂净化。
他的心便神圣高洁，
不需要任何言语形容。

悉达多沉默不语。他思考着戈文达对他说的话，从头到尾琢磨着这些话。

是的，他想，他耷拉着脑袋站着，世上万物中有哪些可称之为圣

1 《奥义书》：印度最古老文献《吠陀》经典的最后一部分，其中多数是宗教、哲学著作。

洁的呢？究竟有哪些呢？有哪些是经得住考验的呢？他摇了摇头。

后来，当这两个年轻人和这批沙门僧共同生活并且一同苦修将近三年的时候，他们从各种不同的途径和渠道听见一个消息、一个谣言、一个传闻：出现了一个名叫加泰玛的人，一个佛陀，他战胜了世上的一切苦恼，他能使再生之轮停止转动。他到处讲学，受到青年人的拥戴，他云游四方，没有财产，没有妻子，没有家乡，他身披苦行僧的黄色僧衣，但是他的额头却宽大明亮，他是一个圣人，许许多多婆罗门人和贵族在他面前弯下身子，他们愿意做他的弟子。

这个传闻、消息、童话到处流传，传到这里，又传到那里。在城市里，婆罗门人互相交谈，在森林里，众沙门议论纷纷，到处回响着加泰玛的名字，到处在谈着这个佛陀，传进这两个青年人的耳朵的，有好话也有坏话，有赞美也有诽谤。

就像某个国家流行瘟疫那样，这个消息迅速传播，消息说，有这么一个人物，一个智者，一个有学问的人在全国各地走动，他的话语和他呼出的气息足以治愈每一个被瘟疫所侵袭的遭难者，当这个消息传遍全国的时候，人人都谈论他，有许多人深信不疑，也有许多人十分怀疑，还有许多人则立即启程去探访这位智者、这位圣人。于是整个国家都传遍了关于加泰玛，这位佛陀，这位出身于释迦牟尼家族的智者的种种轶事，种种香气馥郁的趣闻。他的信徒们说，他掌握着那些最高级的知识，他记得自己前世的事，他已达到涅槃境界，可以不再回到轮回中来，他永远不会再堕入芸芸众生的浊流之中。到处流传着他的许多惊人的、简直是不可思议的事迹，说他创造了奇迹，说他制服了妖魔，说他曾经和诸神对话。而他的反对者和敌人则说，这个加泰玛不过是一个自吹自擂的骗子，他追求奢侈的生活，他蔑视祭祀，他并无渊博的学问，甚至不懂得如何清苦修行。

关于佛陀的传闻听着真让人着魔，这些传闻都散发出迷人的香味。是的，如今的世界是出了毛病，生活简直让人难以忍受——因而，瞧吧，这里涌出了一股甘泉，这里鸣响着使者的声音，声音温柔而给人抚慰，充满了高贵的许诺。到处传播着这位圣者的消息，印度全国各地的年轻人都悉心倾听，翘首盼望，感觉有了希望。不论城里还是村庄里，年轻的婆罗门人都热烈欢迎每一个朝圣者，每一个外来人，只要他们带来他——那位卓越人物、那位佛陀的消息。

这些传闻逐渐也渗进了树林里，传进了这些沙门的耳中，同样也传进了悉达多和戈文达耳中，缓慢地、一点一滴地渗了进来，每一点都难以相信，每一点也都难以怀疑。他们很少谈论这件事，因为那位最年长的沙门很厌恶这些传闻。他曾听说，那位所谓的佛陀从前也当过苦行僧，在森林里苦修过，但是后来又回转到世俗生活里过起了舒适生活，因此他很瞧不起这个加泰玛。

“噢，悉达多，”有一回戈文达对他的朋友说，“我今天在村子里的时候，有一个婆罗门人邀请我去他家中，屋里有一个从麦加特哈来的婆罗门青年，这个年轻人曾亲眼见到加泰玛，聆听他的教诲。说真的，我当时激动得气都喘不过来，我一直在想：我自己，我们俩，悉达多和我是不是也可以去经历经历这种时光？我们应该去听听那位完人的亲口教诲！说话吧，我的朋友，我们要不要也到那里去，也去听听佛陀的亲口讲学？”

悉达多回答说：“噢，戈文达，我一直在想，我一直认为戈文达会和沙门僧们始终待在一起，我一直相信这便是他的目的，一直待到六十岁、七十岁，始终不断地锻炼着苦修技艺，这是一个沙门所必须具备的。但是瞧吧，我对戈文达认识得还不够，我对他的心了解得太少了。那么现在，你，尊敬的朋友，想要另择道路了，你要去聆听佛陀的教诲了。”

戈文达说：“你在开玩笑吧。悉达多，你总是好嘲讽讥笑！这难道不也是你的期望吗，你难道没有兴趣去听听他的布道？你从前不是告诉过我，这条沙门的道路你不会长久走下去的吗？”

这时悉达多便以自己的方式微微一笑，说话的声调里却带着一种悲哀的情感，一种嘲讽的意味，他说：“是的，戈文达，你说得很对，你记性真好。不过你还得再回忆回忆别的，也是我曾经和你说起的，我对修行确实产生了怀疑和厌倦，也懒得进行学习，我对老师们灌输给我们的那些话语，已经缺乏信仰。不过，亲爱的，我已做好准备，去聆听那个人的教导——虽然我深信，那个人的学说中最优秀的成果，我们早就品尝过了。”

戈文达回答说：“你已准备和我同行，真叫我满心欢喜。但是请你告诉我，你方才的话有何根据？为什么在我们聆听加泰玛的学说之前，就推断出我们业已品尝过其中最优秀的成果呢？”

悉达多说：“噢，戈文达，还是让我们去品尝品尝这些果实，并且耐心等候今后的发展吧！我们目前就应该向加泰玛表示感谢，因为就是这些果实召唤我们脱离沙门僧的道路！我们不必管加泰玛会不会给我们提供什么意外的、较好的东西，噢，朋友，我们只需要心境宁静地等待着就行。”

同一天，悉达多便向那位最年长的沙门说出了自己的决定，他将要离开他们。他态度极为谦逊有礼，这也是一个后辈和弟子应该有的态度。那个老沙门竟暴跳如雷，因为这两位年轻人居然要离开他们，他高声大叫，还骂了一些粗话。

戈文达十分惊恐，犹豫起来。悉达多却把嘴巴凑到戈文达耳边，小声告诉他说："现在我正好可以让这个老人瞧瞧，我从他那里学到了什么。"

这时他已站在老沙门僧面前，挨得很近，集中全部精神瞪眼对视着老人的目光，悉达多的目光蛊惑了他，使他变得呆滞，变得没有主意，让他屈从了自己的意志，并命令他，让他不声不响去做自己要求他做的事情。这个老人已变得呆滞麻木，两眼发直，意志瘫痪，胳膊往下垂落，在悉达多所施的魔力前完全无能为力。悉达多的思想已经攫住了这个老沙门，他必须完满地执行悉达多的命令。于是老人好几次俯下身子，摆出祈祷的姿势，喃喃说着一些为旅行而祝福的虔诚的话语。而两位年轻人也鞠躬致谢，他们回应了他的祝福后，有礼貌地告辞而去。

半路上戈文达说道："噢，悉达多，你从老沙门处所学到的东西远比我所了解的要多得多。要想蛊惑一个老沙门僧是不容易的，是一件非常难的事情。说真的，如果你还待在那里，我肯定你很快便可学会如何在水面行走。"

"我并不渴望在水面行走，"悉达多说，"让那些老沙门去为有这样的本领而沾沾自喜吧！"

加泰玛

在沙瓦梯城，每一个孩子都知道这位不平凡高僧的名字，每一幢住宅都时刻准备着接待拥戴加泰玛的年轻人，接待默默无语的朝圣者，为每一只乞讨的饭碗盛满食物。城市附近坐落着一座叫作哈恩·耶塔华那的别墅，是加泰玛最喜欢住的地方。那是有钱的商人阿那塔比迪卡，加泰玛的忠实崇拜者，赠送给他和他的追随者的礼物。

两个年轻的苦修者根据种种传说的指引一路寻来，终于来到了圣人居住的地区。他们一到达沙瓦梯城就在第一幢房屋大门前站停了，他们乞讨食物，并立即得到了食物，悉达多询问赠予他们食物的妇女：

“感谢你，仁慈的人，我们很想知道佛陀住在哪里，就是那位最尊贵的圣人。我们是两个从森林里来的沙门僧，我们来探访他，我们想见见这位完美的人，我们要亲耳聆听他的布道。”

那位妇女回答说：“两位来自森林的沙门，你们远道而来，真是找对了地方。你们听好，在耶塔华那，在阿那塔比迪卡的花园里，正住着那位卓越的人。你们二位朝圣者可以到那里去过夜，那里有的是房间，可以容纳许许多多潮水一般涌来聆听圣人讲道的人。”

戈文达大为欢喜，兴奋地大声叫道：“太好啦！我们算是到了目的地，走到头了。朝圣者们的母亲啊，请告诉我们，你认识圣人吗？你亲眼看见过他吗？”

那妇女又说：“我见过他许多许多次，那位杰出的人。我很多次看见他穿着黄外套默默地走过街道，看见他默默地站在一些住宅前伸出乞讨的碗，然后又拿走盛满了食物的饭碗。”

戈文达听得十分兴奋，还想再询问、打听其他许多情况。但是悉达多提醒他继续上路。他们道谢后继续朝前行走，几乎不需要再询问路途，因为沿途有不少朝圣者和僧侣正往耶塔华那走去。当他们晚上到达别墅时，听见一批批连续不断的来访者的喊叫声、谈话声，喧哗着请求住房，并且得到了安顿。这两个过惯了森林生活的沙门很快便找到了栖身之处，不声不响地躺了下来，一直睡到次日清晨。

日出时他们环顾四周，大吃一惊，昨夜在此地过夜的信徒和崇拜者简直可称是成群结队。美丽的小树丛间的每一条小道上都有披着黄色长袍的僧侣走来走去，他们还东一堆西一堆地坐在大树底下，有的在潜心修行，有的在切磋宗教上的问题，他们看见这座树荫覆盖的花园就像是一座城市，挤满了聚集在一起的蜜蜂般喧嚣的人。大多数僧侣这时正端着讨饭碗往外走，他们要进城去乞讨中午饭，这是他们一天的唯一一顿饭食。就连佛陀本人，这位照亮别人的人，每天早晨也总是走这条乞食之路。

悉达多看见了他，并且立即就辨认出了他，好像有一个神灵在指点似的。他注视着他，这是一个穿着一身黄色僧衣的普通人，手里端着乞食碗，悄悄地在往前走。

“快看！”悉达多轻轻地对戈文达说，“这个人就是佛陀。”

戈文达仔细注视着这个穿黄色僧衣的僧人，觉得他和其他几百个僧人毫无区别。但是戈文达很快也辨认出此人正是他。他们便跟在这个人身后，并且细细观察着他。

佛陀谦逊地自顾自地走着，正沉溺于思索中，他那宁静的面容既不快活，也不悲哀，内心深处似乎在轻轻地发出微笑。他就带着这种隐蔽的笑容，又平静，又安稳，简直像一个健康的儿童。这个佛陀就这么走着，穿一身黄僧衣，迈着和其他僧人同样的步伐往前走着。但是他的面容和他的脚步，他那平静地低垂着的眼眸，他那不动的耷拉着的双手，甚至还有垂着的双手上的每一根手指都表露出他心神安宁，表露出他的完美无缺，他并不探寻什么，也并不注视什么，只是温和地呼吸着，沉浸在一种不破不败的宁静的气氛中，一种永不凋谢的光芒中，一种不可触动的和平的光景中。

加泰玛就这么朝城里漫步走去，去乞求布施。而那两个沙门通过他那独一无二的宁静平和仪态的完美性，认出了他，他的仪态里没有丝毫欲望、追求、仿效和烦恼，只有光明与安宁。

戈文达说：“我们今天可以听到他亲口讲道了。”

悉达多没有回答。他对布道并不怎么好奇，他不相信会学到什么新东西。和戈文达一样，他已经一遍又一遍地听说过这位佛陀布道时所讲的内容，尽管是通过第二者或者是第三者的口。但是当他细细凝视着加泰玛的头，他的肩膀，他的双脚，他那静静地垂着的双手时，他觉得，这双手的每一个指头的关节都有学问，会说话，会呼吸，散发着香气，闪烁着真理的光彩。这个人，这个佛陀全身直至最小的指头的一静一动都是诚挚的。这个人是圣洁的。悉达多还从来不曾像尊敬这个人似的尊敬过一个人，像爱这个人似的爱过一个人。

两位年轻人追随佛陀一直到了城外，又默默无言地回转宿营地，因为他们已经打算这天进行戒食。他们看见加泰玛回来，看见他在一群年轻人包围下用午餐——他吃得很少，少得连一只小鸟也喂不饱——他们看见他又回到了杧果树的树荫下。

黄昏时分，炎热已经消退，宿营地里，人人都变得活跃起来，大家聚集在一起，开始听佛陀布道。他们听着佛陀的声音，觉得连这声音也是完美无缺的，充满了优美的平静，充满了和平。加泰玛讲授的是关于痛苦的学问，讲到了痛苦的来源，讲到了解除痛苦的方法。他的话平和流畅，清晰明朗。生活是痛苦的，世界上充满了痛苦，但是可以找到解脱痛苦的办法：谁若追随佛陀，谁就会得到拯救。

这位圣人用一种柔和却非常坚定的声音讲述着，他阐明何谓四谛，何谓八道，他按照一般的教学方法耐心地讲述着，反复举例，反复讲授，他的话语清亮而平静地朝听众袭来，就好似一道光芒，也好似一片繁星闪烁的夜空，照亮了人们的心田。

当佛陀结束演说时，已是深夜了，有一些朝圣者当即走上前去，请求接纳他们加入团体，皈依佛理。加泰玛接纳了他们，并说道："你们大概都听了我讲经，已经有所领悟。你们来吧，走进圣洁之中，准备好结束一切痛苦。"

瞧，连戈文达这个最腼腆的人也走上前去，说道：“我也要求得到佛陀和他的学问的庇护。”戈文达请求加入年轻人的团体，他也被接受了。

正当佛陀转身准备去就寝时，戈文达急忙朝悉达多说道：“悉达多，我并不是责怪你。我们俩一起听了佛陀的演讲，我们俩一起接受了他的教导。戈文达已经皈依于他。可是你呢，我尊敬的人，你不想走这条获得拯救的新路吗？你还犹豫什么，你还想等待吗？”

悉达多听了戈文达这番话，便好似从梦中猛然醒来一般。他久久凝视着戈文达的脸，随后语气中毫无嘲弄意味地低声说：“戈文达，我的朋友，你终于迈出了第一步，你终于选定了自己的道路。噢，戈文达，你永远是我的朋友，你一直是跟随着我的。我常常想，戈文达会不会有朝一日自己单独向前迈出一步呢，不依靠我，完全根据他自己的灵魂而向前迈出一步呢？瞧，你现在已是一个堂堂男子汉，你选择了自己要走的道路。但愿你沿着这条路走到底，噢，我的朋友！但愿你得到拯救！”

戈文达还没有完全明白他的意思，又用不耐烦的口气催促说：“你说啊，我求求你，我亲爱的朋友！请告诉我，为什么你，我亲爱的朋友，不和我一样请求我们可敬的佛陀的庇护，为什么会有别的情况呢？”

悉达多把手放在戈文达的肩上说：“你没有听清我的祝愿，噢，戈文达。我再重复一遍，我祝愿你沿着这条道路走到底！我祝愿你获得拯救！”

一瞬间戈文达明白了，他的朋友就要离开他了，于是便哭了起来。

“悉达多！”他哀号着。

悉达多温和地回答道："请别忘记，戈文达，你现在已经是佛陀的弟子了！你已经抛弃了故乡和双亲，抛弃了出身和财产，抛弃了你自己的志愿，抛弃了友谊。这是教义的要求，这是那位佛陀的要求。这也是你自己的愿望。明天，噢，戈文达，我明天就要离开你了。"

这一对朋友又在小树林里游荡了很久很久，后来他们躺下休息，还是久久不能入眠。戈文达一再逼问自己的朋友，要他解释清楚，为什么他不肯信奉加泰玛的学说，他究竟在这一学说里发现了什么缺陷。可是悉达多一再回答说："你应该满足才是，戈文达！这位佛陀的学说十分卓越，为什么非要我从中找出缺陷呢？"

第二天一清早，佛陀的一位门徒，那批最年长和尚中的一个，跑遍了花园各处，通知每一个参加学习的新人集合到自己身边，让他们穿上黄僧衣，并且向他们传授学说的启蒙知识以及弟子的职责。这时戈文达不得不离开自己的朋友，他再一次拥抱了自己儿时的好友，然后便加入新信徒的行列中去了。

悉达多却沉思着在稀疏的小树丛间漫步。

他迎面遇见了加泰玛，那个佛陀，当他满怀敬畏地向对方行礼时，他看见佛陀的目光里充满了安详和善意的神色，使年轻人顿时勇气倍增，敢于请求这位尊贵的人允许和他进行一次谈话。佛陀默默地点头表示许可。

悉达多开言道："噢，尊敬的长者，昨天我有幸聆听了你的精妙演讲。我和我的朋友一起专门从远方来聆听你的教诲。如今我的朋友已留在你身边，他在你这里得到了庇护，而我则要开始自己新的朝圣事业。"

"你最喜欢哪些内容？"那位可敬的人谦逊地问。

“我的话也许过于狂妄，”悉达多接着说，“但是在我没有向尊敬的佛陀坦率地诉说我的思想之前，我不愿意离开此地。尊敬的长者肯不肯再听我讲一会儿呢？”

佛陀默默地点头表示许可。

悉达多便又说道：“首先，噢，最尊敬的长者，你的学说使我十分震惊。你的学说中的一切都清清楚楚、十分完美，一切都有根有据，你把世界比作一条没有任何断裂的链条，一条因和果连接成的永恒的长链。我觉得一切从来不曾呈现得如此清晰，如此无可辩驳；每一个婆罗门的心肯定会更为崇高，只要他通过你的学说学会把世界作为一个互相关联的、没有缝隙的整体来加以观察，看到世界澄清得好似一块水晶，并不依赖任何偶然事件，不依赖于任何神道。不管人们是好是坏，生活是痛苦还是欢乐，一切都是悬而未决的，还都是未定的，因为这些都不是本质的东西——但是世界的和谐统一，一切现象的相互关联，一切伟大和渺小事物的相互依赖关系，根据自身的潮流，根据一切事物产生、发展和死亡的自身规律所形成的关系，都被你的卓越学说照得通明，噢，完美无缺的圣人。但是有一处地方，我根据你的学说，认为在一切事物的统一性和连贯性上恰巧存在着断裂之处，由于这小小的缝隙，和谐统一的世界里便汹涌流进了某种陌生的东西，某种新奇的东西，某种过去没有的东西以及某种既没有被指明过，也不可能予以证实的东西：这就是你的学说中关于超越尘世，获得解脱的部分。由于这小小的缝隙，这小小的断裂，导致整个永恒而统一的世界规律又重新破裂和解体。请你务必原谅我讲出这番异议来。”

加泰玛静静地倾听着，一动也不动。随后，这位完美无缺的圣人用他那善良、谦逊又十分清朗的声音说道：“噢，婆罗门的儿子，你听课很用心，因而你进行了如此深刻的思考。你从中找出了一道裂缝，一个缺陷。你还应继续深思下去。让我向你，好学的青年人，奉劝一言，你得警惕众说纷纭和言语之争。一个人怎么想都是合宜的，不论这种思想是美是丑，是聪明还是愚蠢，每个人都能够对它们加以追随，或者予以摈弃。但是你所听见的我的学说，并不是我的见解，这一学说的宗旨也并非为好学的求知者阐释世界。它的宗旨是另一种东西。它的宗旨是教人解脱痛苦。这就是加泰玛所讲的内容，而不是任何其他东西。”

“噢，尊敬的圣人，请不要生我的气，”年轻人说，“我的用意并不是想和你争论，像你方才对我说的，用语言进行争论并没有什么意义，你讲的很有道理。不过还请你允许我再说明一点：我一刻也不曾对你产生怀疑。我连一刹那也没有怀疑过你是佛陀，你已经达到了目标，达到了成千上万众多的婆罗门人和婆罗门的儿子正不懈奋斗的最高的目标。你已经找到了摆脱死亡的方法。你按照你自己的探索方法，通过思想、通过潜修、通过认识、通过领悟，寻求到了你自己的道路，佛陀就是你自己。而学习是使你成为佛陀的唯一途径！噢——尊敬的圣者，这些便是我的想法——没有人可以通过讲经传道而获得解脱。没有人能这样，噢，尊敬的圣者，你能不能用话语，或者通过演讲告诉我，你在领悟时期究竟发生了什么情况！领悟佛陀的学问包括许多内容，你已经讲授了很多，要生活得诚实正直，要避免做坏事。而在你这番极其清晰明白、极其可贵的讲演中却没有包括某一项内容：这就是没有包括可敬的圣人自己亲身生活经历的秘密，他曾如何作为一个个体生活在数以万计的人中间。这便是我在倾听讲演时所想到的和认识到的。这也便是我为什么还要继续流历的原因——并非去寻求另一种更为美好的学问，因为我明白，不存在这种学问，我只是要遗弃一切学问和老师，我要自己单独一人去达到我的目标，或者去死亡。噢，尊敬的圣者，我会常常想到今天的，想到目前这一时刻，因为我亲眼看见了一位圣贤。”

佛陀两眼平静地俯视着地面，他那莫测高深的脸孔平静地流露出无可指责的镇定沉着的神色。

“但愿你的思想并无差错，”那位可敬的人慢悠悠地说道，“但愿你达到目的！但是请你告诉我：你可曾看见我那一大群弟子，我的无数兄弟，他们要从我所讲的学说中求得庇护？你是否相信，陌生的沙门僧，你是否认为所有这些人如果放弃学习而走向世界，或者回归到欲望中去，其结果会更好些？”

“这离我的想法太远了，”悉达多大声叫道，“但愿他们人人都留下来学习，但愿他们个个能到达自己的目的地！我绝无权对任何其他人的生活做出判决！我只能对自己，对我个人做出判决，我必须自己选择道路，我必须自己决定取舍。噢，尊敬的圣者，我们沙门僧寻找如何自我解脱的道路。倘若我成为你的一名年轻追随者，噢，圣人啊，我害怕自己会发生这种情况：我只是表面地、虚假地让自己达到平静和获得解脱，而实际上却依然如故，因为我爱戴这一学说，是你的追随者，还因为我爱你，就要把这一僧侣集体看成就是我自己！”

加泰玛微微笑着，用一种十分坚定而友好的目光凝视着陌生青年的眼睛，然后做出一个几乎难以觉察的手势和对方告别。

“噢，沙门僧，你很聪明，”可敬的圣者说，“你懂得如何讲聪明话，我的朋友。你的巨大智慧会保佑你的！”

佛陀转身走了，但是他的目光和那微微而笑的容貌已深深铭刻在悉达多的脑海里了。

他心中暗自思忖，我还从来不曾见过有这般目光和笑容的人，不曾见过如此走路和打坐的长者，我真切希望自己也能具有这种目光和笑容，也能如此走路和打坐，也能像佛陀一样，具有自由自在、可尊可敬、内在含蓄、开朗坦率、和蔼慈祥，同时又充满了神秘气息的仪态。然而，唯有一种人才能够切实具备这种目光和笑容，也就是他已进入自己内心最深之处的人。是的，我也要努力追求，进入我自己内心的最深处。

悉达多暗自思忖，我见到了唯一一个我必须在他面前垂下眼睛的人。我以后不会再在任何别人面前垂下眼睛，不会再有第二个人了。绝不会有任何学说再吸引我，因为就连这个人的学说也没能吸引我。

这位佛陀夺走了我的心，悉达多想，他是夺走了我的心，然而却也馈赠了我很多很多。他夺走了我的朋友，这个朋友原来崇拜我，如今却改而崇拜他，这个朋友原来是我的影子，如今却成了加泰玛的影子。而他馈赠我的是悉达多，是我自己。

觉醒

当悉达多离开树丛，将那位佛陀、那位完美无缺的圣人抛在身后，将自己的朋友戈文达抛在身后时，他才感到，他也将自己迄今为止的生活遗留在身后的树丛之中，自己也已和它们相脱离。这一感觉充溢于他全身，他沉思着慢慢向前走去。他沉入深深的潜思之中，仿佛自己已经潜过一条深深的小河，到达了这一感觉的基点，到达了根源的地方，而认识这一根源正是他所寻求的思想，唯有通过认识事物的根源才可能给感觉以理性认识，而不至于迷失，并且还能掌握感觉的本质，开始让自己内在的东西放射光彩。

悉达多一面沉思，一面缓慢地朝前走。他发觉自己不再是年轻人，而已是一个成年男子了。他确信无疑，他丢掉了一些东西，让他感到自己好似一条蜕了一层皮的蛇，这个东西如今不复存在，而过去，这个东西陪伴了他整个青少年时期，而且是属于他的：就是拜师求教的愿望。那位出现在他前进道路上的最后一位老师，那位最高贵、最聪明的长者，最神圣的佛陀，他也离弃了，他不得不离开，否则便不能继续自己的学业。

这位思索着的人越走越慢，不断给自己提出问题："你不断学习，不断从老师处学得知识，有什么用呢？你学得很多很多，然而却不可能学完一切，这又该怎么办呢？"于是他得出结论："我就是这样一个人，我愿意学习一切的意义和本质。我就是这样一个人，一个愿意制服一切，从而得到解脱的人。但是我没有能力战胜一切，我只能够自己欺骗自己，我只能够远远逃开，我只能够隐蔽躲藏。事实上，世上万物中，我头脑里考虑得最多的只有这个自我，这个不解之谜。我活着，我是单独一个人，我远远离开了其他所有人，我是和大家隔绝的，我就是悉达多！而世上万物中，我了解得最少的莫过于我自己，莫过于悉达多！"

当这个想法攫住了他时，这个缓缓朝前边走边想的思索者完全停住了步子。他脑子里倏地又冒出了另一个想法，一个全新的想法，这就是："我对自己一无所知，对于悉达多如此陌生，完全缺乏了解，其原因只有一个，这个独一无二的原因便是我自己害怕自己，我想从自己中脱逃出去！我寻求阿特曼，我寻求婆罗门，我是自愿地将自己分割剥离，以便蜕尽外皮后找到那最不为人了解的最内在的核心，找到阿特曼，找到生命，找到神灵，找到最后的一切。而我自己本人却在这一过程中消失不见了。"

悉达多睁开眼睛环顾四周，脸上慢慢露出了笑容，一种如大梦初醒的感觉浸透了他的全部身心，它流经他的全身，从头顶直至脚趾。于是他便重新上路，飞快地跑了起来，好像一个很清楚自己要去干什么的男子汉。

“噢，”他一面做着深呼吸一面想，“如今我要做一个不再逃脱的悉达多了！我已不愿再用阿特曼和尘世的苦难，来做我思考和生活的出发点。我不愿意再杀戮自己、分割自己，以便从残骸里找出一个大秘密来。我再也不学《瑜伽吠陀》，再也不学《阿闼婆吠陀》[1]了，我也不再当苦行僧，从事任何一种苦修了。我要从我自身学起，要当自己的学生，要认识我自己，认识悉达多的秘密。”

他环顾四周，好似他生平第一回看见世界。世界多美丽，世界多绚烂，世界真是奇妙而又迷人！这里是蓝色的，那边是黄色的，还有绿色的，云天在流动，河水在流逝，树林和山峰停滞不动，一切都美丽，一切都谜一般充满魅力，在一切之中是他，是悉达多，是这个觉醒的人，他正走在认识自己的道路上。所有这一切，所有这些黄色和蓝色，河流和森林，都是第一次进入悉达多的眼帘，如今在他身上已经不再存在魔罗[2]之类的魔力，不再存在谄[3]的蒙翳，不再存在毫无意义而又极为偶然的多种情况，对于这位正在进行深刻思考的婆罗门人来说，这些都分文不值，他蔑视多样性，探索统一性。蓝色就是蓝色，河流就是河流，在悉达多眼里，即或统一性和完美性存在于蓝色和河流之中，但这恰恰是形式和内容的完美性，这边是黄色，这边是蓝色，那边是天空，那边是树林，而悉达多就在这里。内容和实质并非总是隐藏在事物后面，它们就在其中，在一切之中。

“我真是愚蠢之至！”这个急匆匆向前行走的人暗自思忖。“倘若

---

1 见第5页注。

2 佛教名词，意译“扰乱”“破坏”“障碍”等，佛教指能扰乱身心、破坏好事、障碍善法者。

3 佛教名词，指矫揉造作、掩饰自己过错的思想与活动。

一个人阅读一篇文章，试图探索其中的意义，那么他便不会轻视文章的词语和字母，不会说它们都是谎言、偶然事件和毫无价值的表皮，而是细细阅读，从中学习东西，爱这篇文章，每一个字母都爱。而我自已呢，我要想读一本世界的书，读一本了解我自己本质的书，然而我读一本书的时候，首先偏爱进行一种推测性的思考，我蔑视词语和字母，我称世界的种种现象为欺骗，我称自己的眼睛和舌头为偶然的、毫无价值的幻象。不，如今这一切均已成为过去，我已经觉醒，我确确实实觉醒了，今天便是我的新生。”

悉达多想到这里，又一次停住了脚步，好似有一条毒蛇突然横在他前面的道路上。

正因为他猛然觉醒，所以，他，一个真正的觉醒者或者说一个新生者，必须重新生活，彻底从头开始。当他在那天清晨离开耶塔华那别墅的树丛，离开那个圣人的同时，就已经开始觉醒，就已经走上了寻找自已的道路，这一条道路已成为他追求的目的，于是，他在经历了多年苦修生活后，要回到故乡去，要回到父亲身边去，这似乎已经是自然而然、不言而喻的事情了。但是，就在这一瞬间，就在他呆呆站着的时候，就在他感到好似一条毒蛇横在他前进道路上的时候，觉醒的他也产生了这种认识：“我已经不再是过去的我，我已经不再是苦行者，我已经不再是祈求者，我已经不再是婆罗门。那么我回到家里和父亲待在一起可以做什么呢？学习？祭祀？沉思潜修？这一切早都已成为过去，所有这些都不会再存在于我的道路上。”

悉达多呆呆地站着一动也不动，在刹那间，他感觉自己的心似乎停止了整整有一次深呼吸那么长的时间。他感觉这颗心在自己胸膛深处像一只小兽，一只小鸟，或者一只小兔子似的僵住了，因为他发现自己是完全孤独的。多年来他无家无室，漫游四方，却从未有这种感受，而眼下他却有这种感觉了。长期以来，甚至在最遥远年代的潜修中，他都是父亲的儿子，是婆罗门人，地位高贵，是一个僧侣。而如今呢，他只是悉达多，一个觉醒的人，此外便什么也不是。他深深吸了一口气，转瞬间觉得浑身发冷，打了一个寒战。没有一个人像他这样孤孤单单。世上并无任何一个贵族不属于贵族的圈子，没有一个手工匠不与手工匠为伍，每个人总是从同类中寻求庇护，参与他们的生活，说他们的语言。没有一个婆罗门人不把自己视为婆罗门人，和自己同种姓的人生活在一起，没有一个僧人不从自己的沙门阶层中寻求庇护，甚至那些与世隔绝的、生活在森林里的隐居者也并非完全孤单，他们也总是互相归属，每一个人都属于自己的阶层，这个阶层便是他的精神家园。戈文达现在当了僧侣，那上千个僧侣尚便是他的兄弟，和他穿同样的衣服，有同样的信仰，讲同样的语言。可是他，悉达多，如今属于什么呢？他将参加何种人的生活呢？他将讲什么人的语言呢？

在这一刹那，周围的世界消失了，他像一颗高挂在天空中的孤零零的星星，就在这一瞬间，有一股寒冷和气馁沮丧的感觉在悉达多的心里油然而生，自我存在的感觉胜过以往，他不禁缩成了一团。他意识到这将是觉醒以来的最后一次震颤，是获得新生以来的最后一次痉挛。他很快便又重新上路，迫不及待地急匆匆往前走去，不回老家，不回到父亲身边，不走回头路。

Part02 | 第二部

卡玛拉

悉达多在自己新生的道路上每走一步就学习到许多新的东西，周围的世界起了变化，他的心被这世界迷住了。他凝望着太阳从树林密布的山峰上冉冉升起，又从遥远的棕榈树林的边缘缓缓下沉。他凝望着夜空中的繁星，凝望着镰刀般的皎月像一艘小船在寥廓的蓝天中飘游。他凝望着树木、星星、动物、云儿、彩虹、岩石、野草、花朵、泉水和河流，凝望着晨光中灌木丛上的闪烁的露水，凝望着远处高山上的蓝色和白色，倾听着鸟儿和蜜蜂的鸣唱，倾听着风儿有节奏地掠过稻田的呼啸。世上万物千变万化、多彩多姿，自古以来一直如此，太阳和月亮每日按时上升，河水永远潺潺流动，蜜蜂永远嗡嗡嗡地喧闹，但是对悉达多来说，这一切从前都是不存在的，在他的眼睛前面好似有一道虚无缥缈的面纱，他用怀疑的目光观察一切，这一切又都由他头脑里的思想确定取舍，因为世上万物都并非本质，因为本质的东西显然只在他可见的另一边。而如今他那解放了的眼光停留在这边了，他看见并认出了一切清晰可见的东西，他在这世界上找到了家乡，他不再寻找本质，他的目标不再是那边。只要人们不是带着深究的目光，而是带着孩子般单纯的目光去观察世界，那么世界就是极其美丽的。月亮和星辰是美丽的，泉水和河岸是美丽的，树林和岩石、山羊和金龟子、花朵和蝴蝶都是美丽的。如果随意漫游世界，无忧无虑、清醒开朗、毫无戒心地浏览着大千世界的景色，那是极其称心惬意的。有时候让太阳晒烤着头顶，有时候在树荫下纳凉，有时候品尝泉水和雨水，有时候又吞吃南瓜和香蕉。白天都显得短促，黑夜也显得短促，每一个小时都飞速流逝，好似大海里的一张风帆，帆下的船里满载着珍宝、满载着欢乐。悉达多凝视着一只猴子在高高的树梢上戏耍，在枝干之间跳跃，倾听那动物唱着一支粗野的、充满渴望的歌曲。悉达多目睹一只公羊追逐一只母羊，最后终于跑到了一块儿。他在一片芦苇荡里看见梭子鱼因为饥饿而互相追逐，成群的小梭子鱼惊恐万分地跳出水面，水面翻腾着，粼粼闪光，它们在水里拼命地窜来窜去，激起一圈圈水涡，以逃避那迅猛的追捕。

所有这一切从古至今一贯如此，不过他过去不曾看见，他从未来过这里。如今他身临其境，他属于这一切。亮光和阴影从他眼前掠过，星星和月亮从他心里轮转。

悉达多在途中还不时回忆起自己在耶塔华那的花园别墅里所经历的一切，他想起自己在那里聆听到神圣佛陀的演说，想起和好朋友戈文达的告别，想起同佛陀的那场谈话。他想起了自己对佛陀讲的那番话，回忆着那场谈话里的每一个句子，他心里越想越惊讶，因为对于自己所讲到的东西，他当时确实是一无所知的。他对加泰玛所说的一切：他的、佛陀的珍宝和秘密其实并不是学问，而是一些不可言传和无法讲授的东西，而是自己在以往某些时刻所体会到的某种启示而已——这些东西也正是他目前正在竭力汲取并开始体验的东西。现在他必须获得自己亲身经历的体会。正如他很久以来就明白，他得亲身体会阿特曼，亲自获得一个婆罗门人的永恒自我。可是他迄今还未能真正找到这个自我，因为他想用思想这一张罗网加以捕捉。是否可以肯定自我不是肉体，同时也不是头脑里的感观游戏，更不是思想，不是理智，不是已经学得的知识，不是已经学得的技艺，不是从它们那里获得的结论，不是从已经思考过的念头中编织出新的思想世界。不是的，因为连这整个思想世界仍然属于尘世，如果人们扼杀了头脑中这个非常偶然的自我，而正是这个偶然出现的自我丰富了人的思想和学说，那么人们也就不可能达到目的。思想和头脑，两者都是可爱的事物，在两者后面潜藏着人的最终的意识，两者都值得倾听，可以和两者打交道，两者都不能被轻视，也不可被高估，人们可以从两者中窃听到人类内心最深处的隐秘声音。没有这个声音的命令，悉达多不愿意致力于任何事情，没有这个声音的建议，他不愿意逗留于任何地方。那时候，当加泰玛坐在菩提树下讲学的时候，究竟是什么打动了自己，照亮了自己？他听见了一种声音，一种发自自己内心的声音，这个声音命令他，要在这棵树下歇息，于是他便不进行苦修，不祭祀，不沐浴或者祈祷，不吃不喝，不睡觉不做梦，他服从了这个声音。并没有任何人发出命令，只有这个声音，他便驯服地听从了，随时随地准备着听从这个声音，这是对的，这是必要的，除此之外，别的什么都不存在。

当天夜晚，他在河边一个船夫的茅屋里宿夜，睡着后做了一个梦，他看见戈文达穿着黄僧衣站在他面前。戈文达的模样很悲哀，他凄惨地责问道：“你为什么离开我？”于是他便去拥抱戈文达，伸出双手将戈文达拉进自己怀里，亲吻他，这时那人竟不再是戈文达，而是一个女人，这个女人解开衣裳，从衣裳里露出一对丰满的乳房，乳房流出了汩汩乳汁，悉达多仰卧着、吮着乳汁，这个乳房的乳汁又甜又浓。这乳汁有女人和男人的味道，有太阳和森林的味道，有野兽和花朵的味道，有每一种果实和每一种乐趣的味道。他放怀痛饮，醉得不省人事。——当悉达多从梦中醒来时，他透过茅屋的门，看到泛白的河水在黑夜中闪闪发亮，听到从树林里传来一只猫头鹰深沉而响亮的叫声。

天亮以后，悉达多请房东，那位船夫，把他渡过河去。船夫和他一起登上泊在河面上的竹筏子，广阔的水面上闪烁着红色的晨光。

“这是一条美丽的河流。”他对陪伴自己的人说。

“是的，”船夫回答说，“是一条美极了的河流。我爱它胜过世上的一切。我常常倾听它的声音，我常常望着它的眼睛，我常常向它学习东西。人们可以向这条河流学习很多很多东西。”

“感谢你，行善的好人，”悉达多说，一面登上对面的河岸，“我没有任何礼物可赠送给你，亲爱的，我也付不出任何报酬。我是一个无家可归的人，一个婆罗门的儿子，一个沙门僧。”

“我已经看出来了，”船夫回答说，“我并没有期待你付给我报酬，也不想要你的礼物。以后有机会你会给我礼物的。”

“你相信我会还礼？”悉达多饶有兴趣地问。

"当然。连这一点我也是向河流学的：世上万物都会回来的！你也不例外，沙门，你也会回来的。好了，再见吧！但愿你的友谊就是我的报酬。但愿你向神灵祭祀时想到我。"

他们互相微笑着告别分手。悉达多由于船夫的友谊和款待而高兴地微笑着。"他多么像戈文达，"他微笑着想道，"所有我在路上遇见的人，都像戈文达。大家都心怀感激，虽然有权得到感谢的是他们自己。人人都谦虚顺从，表示出善意友好，乐于听从别人的意见，很少有自己的想法。人类全都是孩童。"

中午时分，他经过一座村庄。小胡同里有许多孩子在泥土砌的小屋前打滚戏耍，玩着南瓜子和贝壳，他们叫嚷着、扭打着，一看见这个陌生的僧人便都吓得四散逃走了。村庄尽头处有一条穿过一道小溪的路，一个年轻女子正跪在溪水边洗衣服。悉达多向她问好，她抬起头来微微含笑地看了他一眼，这时他看到她眼白在闪光。他按游方僧人惯常的方式对她祝福后问道："到大城市去的路程远不远。"她站起身子，走到他身边，她那张年轻的脸上湿润的嘴唇非常美丽。她跟他说笑，向他打听游方僧人吃不吃饭，传闻沙门夜晚都是一个人孤零零独宿在树林里，并且不允许女人在身边，是否都是实情。她边说边把自己的左脚搁在他的右脚上，同时还做了一个动作，这是一个女人通常向自己中意的男人要求抚爱的姿态，那本名为《爱经》的书中便是这么说的。悉达多感到自己热血沸腾，一瞬间，他猛然想起他昨晚做的那个梦，他略略朝那个女子弯下身子，吻着她棕色的乳头。他看见她那张对着他的脸庞满怀期待地微笑着，眯缝的眼睛也流露出炽热的欲念。

连悉达多自己也感到了欲望，觉得有一股性欲的泉流在体内翻滚。但是由于他还从来不曾接触过女人，所以便迟疑了片刻，尽管他的双手已做好准备去拥抱她。就在这一瞬间，他毛骨悚然地听见了自己内心的一个声音，这声音说“不”。于是这个青年女子微笑的脸庞上的一切魅力全消退了，他眼中所见的不过只是一只发情雌兽的水汪汪的目光而已。他温和地拍拍她的脸颊，转过身去，脚步轻快地走入竹林里，从这个失望的女人眼前消失了。

就在这天傍晚，他到达了一座大城市，他非常高兴自己又和人群在一起了。他很长一段时间一直住在树林里，昨晚住在船夫的茅屋里，是他这些年来第一次住宿在有屋顶的房子里。

在城外一座围着篱笆的美丽花园旁，这个流浪汉碰见了一小群男女仆人，手里都提着盛满物品的篮子。他们中间有一乘装饰华丽的四人抬的轿子，轿里坐着一位女子，一位贵夫人，只见她端坐在色彩缤纷的遮阳顶篷下的红色坐垫上。悉达多站在花园别墅的入口处，目送着这队人员通过，他逐个儿看着仆从、婢女、篮筐、轿子，最后看见了轿子里的贵夫人。在高高盘起的乌黑头发下的脸十分明朗、十分细致、十分聪慧，鲜红的嘴唇好似一枚新剥开的无花果，修饰过的眉毛画得高高的，呈一道弧形，乌黑的眼睛也显得聪慧而又机警，细长光滑的颈项从绿金两色相间的外衣中伸出，一双光洁的手又细又长，戴着宽宽的金手镯，静静地放在膝盖上。

悉达多觉得她美极了，心里十分欣喜。当轿子来到跟前时，他深深地弯腰行礼，他直起身子时，重又注视起这张开朗可爱的脸来，他朝那双聪明深邃的眼睛看了片刻，呼吸时闻到了一股他过去从未闻到过的香气。美丽的贵夫人微笑着点点头，转瞬间便消失在树丛之间，身后跟着她的一群仆从。

悉达多想，我总算进城了，一进城就见到了美丽的女子。他正想立即走进树丛时，却沉吟着站停了，这时他忽地想起，在篱笆入口处，那些男仆和婢女在打量他的目光中，似乎都带有一种轻蔑、怀疑，又拒人于千里之外的神色。

我至今还是一个沙门僧人，他暗自思忖，我还是一个游方僧人和乞丐。我不能再这么下去了，不能再这样走进树丛里去。想到这里，他笑了。

路上又过来一个行人，他便向来人打听这座花园和这位贵夫人的名字。他得知这里是卡玛拉的产业，卡玛拉是城里的名妓，她除了这座花园别墅，在城里还有一幢住宅。

他往城里走去。如今他心里已经有了一个目标。

他要去追踪自己的目标，他吮吸着城里大大小小街巷逸出的气息，他默默地伫立在广场上，他在河边的石台阶上稍事休憩。将近黄昏时，他认识了一个理发店的伙计，这个伙计先是在教堂的一个拱顶的阴影里干活，后来他去护持神[1]庙祈祷时又遇见了这个人，这人向他讲述了护持神和吉祥天女[2]的故事。当天夜里，他在河边的一条空船上睡了一宿，第二天清晨，在第一批顾客尚未光临之际，他让理发店的那个伙计替他刮去胡子，修剪了头发，梳理头发后又抹了香膏。随后他就下河去沐浴。

---

1 印度教三大神之一；又称“毗湿奴”。

2 系护持神“毗湿奴”的妻子，被称为“爱神之母”，也是婆罗门教、印度教的命运、财富和美丽女神。

当天下午，美丽的卡玛拉坐着轿子回别墅时，悉达多正伫立在篱笆门前，他向她鞠躬行礼，同时也接受了那个名妓对他的问候。他向走在队列末尾的男仆招手示意，请求他报告女主人，有一个年轻的婆罗门人渴望同她谈话。片刻之后，那个仆人转回来告诉这位等候者，请他随自己进去，他默默跟随仆人走进了一座亭子。卡玛拉躺在一张睡椅上，仆人留下他后便走开了。

“你就是昨天站在门口和我打招呼的人吧？”卡玛拉问。

“是的，我就是昨天见过你，并向你行礼的人。”

“可是你昨天不是蓄着大胡子，留着长头发，而且头发上积满尘土的吗？”

“你观察得很仔细，什么都看见了。你看见的人叫悉达多，一个婆罗门的儿子，他离开自己的家乡，想成为一个游方僧，当了三年的沙门。如今他已离弃这条狭径，他来到了这座城市，而你，你是他还未踏进城里之前遇到的第一个人。噢，卡玛拉，我来你这里就为了告诉你这一点：你是使悉达多垂下眼皮说话的第一个女人。今后当我再遇见漂亮女人的时候，不会再低垂下眼睛了。”

卡玛拉微微一笑，手里玩弄着一柄孔雀毛扇子。她随即问道：“悉达多来见我，就为了对我说这些话吗？”

“为了向你说这些话，也为了感谢你，因为你长得如此美丽。倘若你不嫌弃，卡玛拉，我想请你当我的朋友和老师，因为我对你熟谙的艺术还一无所知。”

卡玛拉放声大笑起来。

“我做梦也没有想到，朋友，竟会有一个从森林里来的苦行僧来我这儿，还愿意跟我学习！我做梦也没有想到，竟会有一个留长发、围一块破破烂烂的遮羞布的游方僧人来我这儿！无数年轻人来到我这里，其中也有婆罗门子弟，不过他们个个穿着华丽，脚上是精致的鞋子，头上香气四散，口袋里全是金钱。就这样，沙门，年轻人都获得了他们所求的东西，你想从我这里得到什么呢？”

悉达多回答道：“我已经开始跟你学习了。从昨天就已经开始学习。我已经刮去胡子，梳理过头发，还抹了香膏。你，绝色的人哪，我所缺少的就是漂亮衣服、漂亮鞋子和成袋的金币，你知道吧，悉达多从事于艰巨的苦修，却把这种苦修看得易如反掌，并且达到了目的。我还有什么达不到的呢，我昨天晚上也已考虑过，也下了决心：我要成为你的朋友，跟你学习爱情的欢乐！你会看到我如何勤奋好学的，卡玛拉，我曾学习过十分艰深的东西，比起你将来要教我的要艰深得多。嗯，现在怎么样，今天这副模样的悉达多——头发上抹着香膏，却没有好衣裳、好鞋子，口袋里也没有钱，他能让你满意吗？”

卡玛拉笑着回答：“不，尊敬的人，他现在还不能让我满意。他必须有衣服，漂亮的衣服，有鞋子，漂亮的鞋子，他口袋里得有许多许多的钱，并且不断赠送礼物给卡玛拉。现在你懂了吧，来自森林的沙门？你牢牢记住这些话没有？”

“我牢牢记住了，”悉达多叫道，“从这一张嘴里说出的话，我怎能不牢牢记住呢！你的嘴唇多么像一枚刚刚剥开的无花果，卡玛拉。我的嘴唇也很红、很鲜嫩，它们一定很相配，你等着瞧吧。——不过我还得请你告诉我，美丽的卡玛拉，你在这个游方僧人，在这个从森林里来向你学习爱情的沙门面前，丝毫不感到害怕吗？”

“为什么我要在一个沙门面前感到害怕？对一个来自森林的愚蠢僧人，对一个长期生活在豺狼群中，完全不懂得女人的沙门，我为什么要害怕？”

“噢，他是强壮的，这个沙门僧人，而且他毫无所惧。他会伤害你的，美丽的姑娘。他可能会抢劫你。他可能会弄疼你。”

“不，沙门，我不害怕。难道会有一个沙门或者一个婆罗门人害怕，害怕可能有人会抓住他不放，会抢劫他的渊博学问、他的虔诚以及他的深刻思想吗？不，他不会害怕的，因为这些东西只属于他本人，而他只愿意把它们授予自己想授予的人。事情便是这样，卡玛拉也正是这种情况，卡玛拉最擅长爱情的欢乐。卡玛拉的嘴唇鲜艳美丽，但是请来试试吧，如果你违背卡玛拉的意愿去亲吻它，那么你便不可能从它那里尝到一丝甜味，而它是懂得如何赐予别人许多许多甜味的！你是有学问的，悉达多，你也学学这门学问吧：爱情可以祈求，可以收买，可以赠送，可以轻易到手，但是却抢劫不到。你的思想是误入歧途了。是的，真令人遗憾，像你这么一个漂亮小伙子会有这么错误的念头。”

悉达多笑着鞠躬道谢。“这也许是遗憾的，卡玛拉，你说得太好了！这也许是非常令人遗憾的事。不过，我还是不愿意失去你嘴唇上哪怕一点一滴的甜味，我的也一样！情况就是如此：当悉达多取得了他所缺乏的东西，当他有了衣服、鞋子和金钱之后，他会回来的。不过，可爱的卡玛拉，你能不能再给我提供一个小小的忠告呢？”

“一个忠告？为什么不能呢？难道会有人不愿意替一个来自森林豺狼群中的无知而又可怜的沙门提供忠告吗？”

“那么，亲爱的卡玛拉，请你告诉我，我应该到何处去，才能够尽快获得这三样东西？”

“朋友，这就需要懂得很多东西。你必须会做你学过的事情，人家愿意为此付出金钱、衣服和鞋子。除此以外，一个穷苦人不可能得到金钱的。你究竟会做什么呢？”

“我会思索。我会等待。我会斋戒。”

“不会别的了？”

“是的。噢，我还会作诗。你肯不肯为我的一首诗付出一个亲吻作为报酬？”

“我会愿意的，如果你的诗中我的意。这是首什么诗呢？”

悉达多沉思片刻后，吟诵道：

美丽的卡玛拉走进自己树木成荫的花园，
褐色的沙门正站立在篱笆的门边，
当他望见那一朵盛开的荷花，
不由得深深鞠躬，她报以微微一笑。
青年人想，向上天献祭多么美妙，
向美丽的卡玛拉献祭，也同样美妙。

卡玛拉大声鼓掌，手腕上的金手镯叮当作响。

“你的诗很美，褐色的沙门，说真话，给你一个亲吻，于我毫无损失。”

她用眼睛示意让他走近自己，他弯身把脸对着她的脸，把嘴唇覆在她那好似新剥开的无花果般的红唇上。卡玛拉久久地吻着他，悉达多怀着深深的惊异觉察到她正在开导自己，觉察到她何等聪明，觉察到她控制了他，又拒绝了他，引诱了他，并且感觉到在这一初吻之后还有长长一大串安排得巧妙妥帖的、可供试验的亲吻在等待着他，每一种亲吻都和另一种有所不同，都是他所期待的。他深深吸着气，一动也不动地站着，在这一短暂的时刻！他像一个为知识和学习内容丰富而深深震惊的孩童似的，大大地开阔了眼界。

“你的诗十分美丽，”卡玛拉大声说，“倘若我很富有，我会付你一个金币。但是你想靠诗歌去挣很多钱，挣够你所需要的钱，那是很难的。因为你如果想当卡玛拉的朋友，你得有许多许多钱。”

“你多么善于亲吻哪，卡玛拉！”悉达多结结巴巴地说。

“是的，我擅长于此，因而我从不缺衣裳、鞋子、手镯以及一切漂亮的玩意儿。可是你会什么呢？除了思索、斋戒和吟诗，你便什么都不会了吗？”

“我还会唱祭祀的圣歌，”悉达多回答说，“不过我今后不想再唱了。我会念咒语，不过今后也不想再念了。我还会读经文……”

“够了，”卡玛拉打断他说，“你会阅读？会书写？”

“这些我当然会。有些人擅长此道。”

“大多数人却不会。连我也不会。非常好，你会阅读和书写，好极了。就是念咒语的本事也会有用处的。”

这时有一个侍女飞跑进来，在女主人耳边悄悄述说着什么事情。

“有客人来看我了，”卡玛拉大声说，“快，快走开，悉达多，你记住，别让任何人看见你在这里！我明天再见你。”

同时她又吩咐侍女拿一件白上衣给这个虔诚的婆罗门青年。悉达多还未弄清自己的处境，便被那个侍女带出门外，弯弯曲曲绕道走进一座花园凉亭，拿到白衣服后，又被带进了灌木林中，侍女还叮嘱他务必不要让任何人瞧见，立即离开花园。

他心情舒畅地完成了吩咐他做的事情。他在树林里早已惯于此道，他不声不响溜出树丛，又翻过了篱笆。他心满意足地回到城里，臂下挟着那件卷好的白衣裳。在一家旅游者经常光顾的小客栈门口，他停住了，默默地乞讨食物，又默默地接受了一个饭团。他暗暗思忖，也许可以维持到明天了，那么这一天中他可以不再乞讨。

他突然昂首挺胸，打起精神来。他已经不是沙门了，他将不再站着向人乞讨。他把饭团扔给一条狗，宁可不进餐。

“人们在这个世界上所过的生活是极其简单的，”悉达多沉思着。“我要过这种生活毫无难处。如果我还当沙门僧，一切便会困难得多，而结局也定然是又困厄又绝望。而目前一切都很轻松容易，轻松得就像卡玛拉教我的那堂亲吻课。我现在只需要衣服和金钱，此外便别无所求，而这一切全都微不足道，它们不会搅扰我的睡梦。”

他早已打听到卡玛拉在城里的住所，第二天便找到那里去了。

“好极啦，”她见到他高兴地叫了起来，“卡马斯瓦密是这座城市里最富有的商人，他正等着你去见他。倘若你能使他中意，他就会给你安排工作。要放聪明点，褐色的沙门。我通过别人向他讲述了你的情况。你要对他友好敬重，他是有很大势力的。但是千万不可低声下气！我不愿意你当他的奴仆，你得和他平等相处，否则我会对你不满意的。卡马斯瓦密已开始上了年纪，希望过宁静悠闲的生活。他如果喜欢你，他会非常信赖你的。”

悉达多微笑着，并向她道了谢。当她听说他昨天和今天均未进食，就吩咐人送来面包和水果，款待他进餐。

“你运气很好，”告别时她对他说，“一扇又一扇大门接连向你敞开。怎么会如此顺利？你是会魔法吗？”

悉达多回答说：“昨天我就已经告诉你，我懂得思索、等待和斋戒，而你却认为这一切全都毫无用处。卡玛拉，你以后将会看到这一切都是极有用处的。你将会看到这个来自森林的愚蠢的沙门能够超乎人们想象地学会和擅长许多事情。前天我还是一个蓬头垢面的乞丐，昨天我便已亲吻过卡玛拉，不久我便会成为一个商人，非常富有，并且会学会一切在你眼中很了不起的事情。”

“嗯，会的，”她表示同意，“但是没有我的话，你的处境会如何呢？如果卡玛拉不帮助你，你现在又会怎样呢？”

“亲爱的卡玛拉，”悉达多说话时挺直了身子，“我走进别墅来到你身边，便是我迈出的第一步。我已下定决心要向这位最美丽的夫人学习爱情。从我做出这一决定的瞬间起，我就知道自己会完成它。我知道你会帮助我。在篱笆入口处你看我第一眼时，我就知道你会帮助我。”

“倘若我不愿意帮助你呢？”

“你会愿意的。瞧，卡玛拉，如果你把一块石子投入水中，它便会按它可能下沉的速度飞快沉入水底。如果悉达多有了目标，下了决心，情况也是这样。悉达多过去无所事事，他只是等待、思索和斋戒，但是他会穿透世上万物达到目的，好似石子穿越水流沉入水底，他不做别的事，什么也不能打动他，他随波逐流，听任自己往下坠落。他的目标吸引着他，因为他不允许任何违背他目的的思想存在于自己灵魂里。这就是悉达多跟随沙门云游四方时学会的本事。这便是愚人们称之为魔法的东西，因为他们认为是魔鬼在其中起作用。事实上魔鬼并不起任何作用，压根儿就不存在魔鬼。每个人都可能施展魔法，达到自己的目的，只要他会思索，会等待，会斋戒。”

卡玛拉默默倾听着。她喜欢他的声音，她喜欢他的目光。

“事实也许如此，”她轻轻地回答说，“事实也许正如你所说的，朋友。事实也许还由于悉达多是一个漂亮男子，他的目光让妇女们喜欢，因此他总能碰到好运气。”

悉达多用一个亲吻作为告别。“但愿如此，我的老师。但愿我的目光永远讨你喜欢，但愿我从你这里永远得到好运气！”

尘世

悉达多去拜访商人卡马斯瓦密，别人指给他一座富丽堂皇的房子，侍从带他走过无数昂贵的地毯，然后进入一间居室，他便在那里等候主人。

卡马斯瓦密走进房间，他是一个行动敏捷、机智灵活的男子，头发业已花白，眼睛显得十分聪明机警，嘴巴却显出贪婪。主人和客人亲切地互致问候。

“人家告诉我，”商人先开始说道，“你是一个婆罗门，一个学者，可是你又想从一个商人那里找一份工作。你是否正遭逢经济上的困难，婆罗门，所以想找工作？”

“不是的，”悉达多说，“我现在并没有什么困难，从来也没有过困难。你知道，我刚刚离开那些游方沙门，我曾跟随他们生活了很长时间。”

“如果你来自游方沙门，怎么能说你没有遭逢困难？游方僧人不都是一无所有的吗？”

“我是一无所有，”悉达多回答说，“按照你的看法，我是这样。我确实一无所有。然而我是自愿如此，因而我并不是遭逢困难。”

“你一无所有，但又靠什么生活呢？”

“我从没有想过这个问题，先生。我一无所有地生活已三年有余，还从不曾考虑过这个问题：我依靠什么生活。”

“于是你想过一下另一种有产者的生活。”

“大概是这样。商人除了发财也会想过另一种生活的。”

“说得很好。然而他从不毫无代价地接受任何人，他要另一人为此付出商品。”

“世上的现实便是这样。有人接受，有人付出，这便是生活。”

“请允许我询问：如果你一无所有，你要给人什么呢？”

“人人都给人以自己拥有的东西。战士付出力量，商人付出货物，学者付出学问，农民付出稻米，渔人付出鲜鱼。”

“说得好。现在的问题是：你付出什么呢？你过去学习了什么，你擅长什么？”

“我会思索。我会等待。我会斋戒。”

“就这些？”

“我想，就这些了！”

“这些有什么用处呢？例如斋戒——它有什么好处呢？”

“它极有好处，先生。如果一个人无物可吃时，斋戒便是他可干的最明智的事情。举例来说吧，如果悉达多没有学会斋戒，那么他在今天之前早就该找一份差事来做了，不管在你这里，或是在其他地方，因为饥饿将迫使他这样做。但是悉达多却能够静静地等待，他从未不耐烦过，从未感到困难，很久以来他就不知道饥饿为何物，他可以嘲笑饥饿。先生，这就是斋戒的好处。”

“你说得有道理，沙门。请稍候片刻。”

卡马斯瓦密走出房间，拿着一卷纸又走了回来，他把那卷纸递给客人，一面问道：“你能看这个文件吗？”

悉达多凝视着纸卷，纸上记载着一份商业合同，于是他便开始大声朗读合同的内容。

“读得很好，”卡马斯瓦密称赞说，“你愿不愿意在纸上写些什么给我看看？”

他递给悉达多一张纸和一支笔，悉达多一挥而就，把纸递还主人。

卡马斯瓦密朗读着：“书写有益，思索更佳。智慧有益，容忍更佳。”

“你写得真漂亮，”商人赞美说，“我们以后还会再共同切磋一些问题的。今天我邀请你做我的客人，请你留宿在这里。”

悉达多表示感谢后，接受了邀请，从此便居住在商人的家里。有人替他送来了衣服和鞋子，还有一个仆人每日侍候他沐浴。每天都有人端给他两顿丰美的饭菜，但是悉达多每天只进一餐，并且既不吃肉也不饮酒。卡马斯瓦密向他讲述自己买卖上的事，让他去看货物和仓库，指点他如何计算。悉达多认识了许多许多新东西，他注意倾听，很少说话。他牢记卡玛拉的嘱咐，从来不向那个商人低声下气，迫使他和自己平等相处，是的，甚至还超过了平等相处的关系。卡马斯瓦密细心谨慎地经营自己的买卖，常常怀着极大的热情，悉达多却把这一切视同儿戏，他只是努力学习如何精确掌握商业规律，而它们的内容却丝毫不能触动他的内心。

他在卡马斯瓦密家没有住很久就已参与主人的商业事务。但是他每天都按照美丽的卡玛拉指定的时刻去拜访她。他穿着漂亮衣裳、漂亮鞋子，而且不久也开始赠送礼物给她。她那殷红、聪明的嘴教了他许多许多事。她那双细巧、灵活的手也教了他许多许多东西。他在爱情方面还只是一个孩子，盲目而不知餍足地一头跌进了那深不可测的娱乐之中，她从头开始指点他一切，告诉他，人不能光接受欢娱而不付出欢娱，告诉他，她的每一种姿态，每一次抚摸，每一回接触，每一道目光，她躯体上每一个最细微处的秘密，都是为了唤醒他的求知的幸福。她教导他，一对情人在一次爱情的欢乐后彼此不应当立即分开，如果他们还没有彼此让对方惊叹，还没有像应有的那样互相征服，那么两个情人就谁也不会产生腻味和无聊的感觉，也不会出现自己滥用感情或者被别人滥用感情的恶劣情绪。他在美丽聪明的女艺术家身边度过了许多极美妙的时刻，他是她的学生，她的情人，她的朋友。如今，他在这里，在卡玛拉身边获得了生活的价值和意义，却不是在卡马斯瓦密的商业事务中。

那位商人委托他起草最重要的信件和贸易合同，并且渐渐习惯于同他商量一切重要的商业事务。他很快发现，悉达多对于谷物和棉花、对于航海和贸易懂得很少，但是他运气很好，而且悉达多在平静沉着方面胜过了作为商人的自己，还有他默默倾听的本事，以及深入到外国人中去的本领。“这个婆罗门人，”他对自己的一个朋友说，“不是一个地道的商人，永远都不会是，他的灵魂对于商业事务毫无热情。但是他具有某种人所具备的秘密本领，他会让成果自动落到他身上，他生来福星高照，好像是一个魔术师，有某种特殊本领，这大概是从游方僧人那里学来的。他从事商业买卖永远好像是在做游戏，它们从来不曾完全进入他的内心，它们根本不能控制他，他从不害怕会失败，从不顾虑会遭受亏损。”

那个朋友向商人建议说：“你把买卖交给他，让他当你的代理人，给他三分之一的红利，如果亏损了，那么他也得付出这同样的份额。这样的话，他一定会勤奋起来的。”

卡马斯瓦密接纳了这个建议。悉达多却仍然漫不经心。买卖赢利了，他平心静气地收下自己的份额；买卖亏损了，他便笑笑说：“啊，你看，这回干得很糟糕呢！”

事实上他对商业事务是漠不关心的。有一次他旅行到某个村庄去，打算购进那里新收获的大批稻谷。当他到达该地时，谷物已被另一个商人收购一空。然而悉达多仍旧在这个村庄里待了一些日子，他款待了该地的农民，送给他们的孩子许多小铜钱，还参加了一个婚礼，最后才心满意足地回去了。由于他没有立即返回，卡马斯瓦密责怪他浪费时间和金钱。悉达多却回答说：“请不要责备，亲爱的朋友！我还从来没有见到用责备能办成任何事情的先例。亏损既然已是事实，就让我来承担损失吧。我个人十分满意这次旅行。我认识了很多很多人，有一个婆罗门人还成了我的朋友，儿童们骑在我的膝上嬉戏，农民们带领我观光他们的田地，没有一个人把我当作一个商人看待。”

“你说的这些情况很有趣，”卡马斯瓦密恼怒地大声说：“不过我以为，你事实上只是一个商人！难道你单单是为了消遣娱乐才去那里旅游的吗？”

“当然，”悉达多笑着回答说，“我当然是为了消遣才去那里的。

这又怎么样呢？我认识了许多人，熟悉了该地区的情况，我享受到了友谊和信任，我找到了朋友。瞧，亲爱的，倘若我是你卡马斯瓦密，当我看到买卖已遭挫败，就会立即忧心忡忡地急忙赶回来，但是事实上时间和金钱已经丧失了。至于我，却度过了一些好日子，我学到了很多东西，享受到了快乐，我没有因情绪恶劣、办事匆忙而伤害自己和伤害别人。如果我以后某个时候又重去该地，也许就是去采购下一次收获的稻谷，或者是为了其他诸如此类的目的，那么我就会受到友好人们的热情款待，那时我将称赞自己幸而当时没有流露出匆忙和不快。别生气了，朋友，不要由于呵斥而伤了你自己的身体！如果果真有那么一天，你可以说：这个悉达多给我造成了损失，你就只需要说一个字，悉达多就会马上离开。在那一天来临之前，你我还是互相满意地相处吧。”

不论卡马斯瓦密如何千方百计要悉达多相信，他吃的是卡马斯瓦密的面包，结果都是白费力气。悉达多认为他吃的是自己的面包，更确切地说，他们两人吃的是其他人的面包，一切人的面包。悉达多从来听不进卡马斯瓦密在他耳边诉说的种种忧虑，而卡马斯瓦密却一直是忧心忡忡的。一桩在进行的买卖正受到失败的威胁，一批寄送的货物可能丢失，一个债务人可能付不出欠款，卡马斯瓦密从来没能说服自己的合伙人相信这一切考虑都是有益的。一切忧伤和愤怒的话语全属多费唇舌，只是白白地增添了额头上的皱纹和让自己在夜晚失眠而已。后来有一次卡马斯瓦密当面指着他说，悉达多已把他所懂得的一切统统学去了，得到的回答却是：“请不要和我开这样的玩笑！我从你那里学到的只是一满筐鱼价值若干，一笔贷款能够收取多少利息。

这些是你的学识。我的思索本领却不是跟你学会的，尊敬的卡马斯瓦密，你最好还是找一找，你从我这里学去了什么吧。”

悉达多的心思确实不在商业上。做生意赚了钱，他就把钱存放在卡玛拉处，而他赚的钱远远超过自己的需要。此外，悉达多有兴趣的只是参与人们的生活，了解他们的事业、手艺、忧虑、娱乐和蠢事，他过去对于这一切完全陌生，就像遥远的月亮。他轻易地达到了可以和所有人交谈，和所有人生活在一起，向所有人学习的目的，如今他深切地感到，究竟是什么东西把他和人们隔离，那便是他的沙门苦行主义。他看到人们以一种儿童似的或者动物似的方式生活着，他既爱这种生活，却又蔑视这种生活。他看着他们努力奋斗，看着他们因为某些事情而痛苦和烦恼，而这些东西在他眼中完全毫无价值，不过是为了金钱，为了一点点快乐，为了一些微不足道的荣誉而已。他看着他们彼此互相辱骂、互相责备，看着他们互相痛殴，这一切都为沙门所耻笑，因为一个沙门僧不会有感觉物质匮乏的痛苦。

对于人们给予他的一切，他都坦然接受。商人们都热诚欢迎他，因为他购买他们提供的亚麻布；负债者欢迎他，因为可以向他求得贷款；乞丐们欢迎他，因为他能整小时地耐心倾听他们叙述自己的苦难经历，其实和一个沙门相比，乞丐们的穷困只抵得上沙门的一半。他对待那些富有的外国商人和对待一个为他理发的仆人以及那些沿街叫卖的小贩毫无二致，他购买香蕉时总听任他们多要几文小钱。当卡马斯瓦密来看望他，向他诉说自己的苦恼，或者为了一桩买卖上的事来责怪他，悉达多总是好奇而兴致勃勃地静静倾听着，对这个人感到惊奇，试图去了解他，尽量让他觉得自己有点道理，觉得不可以缺少自己，然后便转身离开他，转向另一个人，一个渴望见他的人。每天都有许多人来拜访他，有些人是来和他做买卖的，有些人是来诈骗他的钱财的，有些人是来聆听他的教诲的，有些人是来求得他的同情的，还有许多人是来听取忠告的。他向他们提出忠告、建议，他向他们表示同情，他慷慨解囊相助，他让自己稍稍受些欺骗，他认为这一切纯属儿戏，而世上人人都是满怀热情从事这一游戏的，他也热衷于思索，和他少时热衷于信仰神佛和婆罗门一样。

偶尔他感觉在自己胸膛深处有一种微弱的、渐渐衰亡的声音，这声音轻轻警告着他，轻轻责备着他，轻微得几乎难以听清。后来，在某些时刻，他感到自己过的是一种奇怪的生活，因为他在这里所做的一切诚实的工作，其实只是一种游戏而已，虽然这都是自己乐于去做，并且不时让自己觉得愉快的事情，而真正的生活却从自己身边流逝了，他丝毫没有触及。就像一个打球的人打球一样，他把自己的活动视作游戏，把自己周围的人只看作是在一起游戏，他观察着他们，从他们身上找到乐趣，而他的心，他的生命的源泉却不和他们在一起。这股源泉离他远去，越来越远，渐渐消失不见，和他自己的生活不再有任何关系。某些时候，他很为自己的这种思想吃惊，希望自己能够摆脱这种思想，希望自己也能够满怀热情、全心全意地做一切每日必做的幼稚的事情，希望自己也能够真实地生活，真实地工作，真实地享受，真实地活着，而不是作为一个旁观者只站在生活一边。

他经常去拜访美丽的卡玛拉，去学习爱情的艺术，去进行爱的祭礼的操练，给予和接受这两者在爱的祭礼中合而为一，这是任何其他地方都没有的。他和她随意闲聊，他向她学习，向她提出忠告，同时也接受她的忠告。她了解他，胜于从前戈文达对他的了解，她是一个和他相似的人。

有一回他对她说："你是和我一样的人，你和大多数人大不相同。你就是卡玛拉而不是其他任何人，在你内心深处有一块僻静的避难处，某些时刻你就进去避难，让自己觉得像到了家里一般，我也会这样。但是其他人很少有人会这样，虽然人人都能学会。"

"并非人人都是聪明的。"卡玛拉说。

"不对，"悉达多回答说，"事情并不决定于聪明不聪明。卡马斯瓦密和我一样聪明，然而他内心并没有一个避难处。他会的是另一套，而心智上只是一个幼童而已。大多数普通人，卡玛拉，都像一片片落叶，随风飘舞、旋转、摇摇晃晃，最后掉在地上。另外还有一些人，这些人为数很少，他们好似天上的星星，按照固定的轨道运行，没有任何风能够到达他们身边，他们有自己的生活规律和自己的生活轨道。我认识许多学者和沙门，在所有这些学者和沙门中，我认为其中有一个人便是这种类型的完人，我永远也不能够忘记他。他就是加泰玛，他是一个佛陀，他宣讲自己的学说。成千上万的年轻人每天聆听他授课，每时每刻都依循他的规范行事，可是他们个个都只是飘落的树叶，在他们自己内心里并没有学问和规律。"

卡玛拉含笑注视着他。"你又谈到他了，"她说，"你又回到沙门思想上去了。"

悉达多沉默不语。接着他们又开始爱情游戏，是三十或四十种不同游戏中的一种，全是卡玛拉所熟谙的。她的肉体像一只美洲豹，也像一张猎人的弓似的柔韧有弹性；不论谁向她学习爱情，都会品尝到各式各样的乐趣，洞悉许许多多的秘密。她长时间地逗弄着悉达多，引诱他，又推开他，压迫他，又紧紧拥抱他，欣慰于他的纯熟技巧，直至他被征服，精疲力竭地躺在她身边为止。

这个名妓俯身向着他，久久地凝视着他的脸，望着他那双变得疲倦的眼睛。

“你是我最好的爱人，”她沉思地说，“是我见到的最好的爱人。你比其他人更为强壮，富于韧性，更为顺从。你对我的艺术学得很到家，悉达多。到一定的时期，在我年纪再大点的时候，我要为你生一个孩子。可是，亲爱的，你仍旧是一个沙门，你仍旧不会爱我，你任何人都不爱。难道不是这样吗？”

“大概是这样，”悉达多疲倦地说，“我和你一模一样。你也不爱任何人——否则你怎么能够把爱情作为一门艺术来经营呢？像我们这种类型的人也许不会爱人的。孩子似的人却会爱，这是他们的秘密之处。”

僧娑洛[1]

悉达多过了很长时间的世俗生活，品尝到了种种乐趣，却仍然无所归依。他的官能感觉在那些火热的沙门生活年代中曾经遭受扼杀，如今又觉醒了，他享用了财富和权势，淫欲也得到了满足；但是在这段很长的时间中，他的内心深处依旧是一个沙门，卡玛拉，这个聪明的女人一眼就看清了这一点。指引他生活道路的始终是那些思索的本领、等待的本领和斋戒的本领，世界上的人，那些孩子似的人，对于他始终只是陌生人，正如他在他们眼中是陌生人一样。

一年年安适快乐的日子飞快地流逝，悉达多几乎没有感觉到年华的消逝。他已经非常富有，他早已有了一幢自己的住宅，有了自己的事业，在城外的河边还拥有一座花园。人们都很喜欢他，当他们需要金钱或者忠告的时候就跑去找他，但是没有一个人能够接近他，除了卡玛拉。

1 僧娑洛(Samsara)，印度婆罗门教中对轮回循环观点的专门称呼，意谓人必须历尽沧桑才能获得新生。

他成长年代经历过的每一个光辉灿烂的阶段，例如聆听加泰玛传教后的那些日子、和戈文达分别后的那些日子、那一次非常紧张的等待、那种既无理论指点又没有老师传授的令人自豪的独立生存、那种让自己在内心深处听到神灵声音的待命状态，都逐渐地变成了回忆，成了过去。如今，那过去曾一度在他面前流动，甚至还在他体内流动的圣泉，已变得遥远，它的流动声也变得轻微了。然而有许多他从游方僧人处学得的，从加泰玛处学得的，从自己的父亲、这位高贵的婆罗门处学得的东西，在经过了漫长的岁月以后却仍实实在在地留存在他心里：有节制的生活，乐于思索的习惯，潜修的方法，有关于既不属于肉体也不属于意识的永恒自我的秘密知识。它们中的某些部分仍保留在他身上，某些部分则一个接一个地沉没，被尘土所淹没。好似制陶工人的圆盘，一度开动得很好，转动到一定的程度之后，便逐渐开始磨损，减慢速度，逐渐停止，在悉达多的灵魂中转动着苦行主义者的轮子、思索的轮子、辨别的轮子，它们连续转动了很长时间，始终还在不断转动，但是它们的转动速度逐渐减慢，变得迟疑不定，已渐渐接近静止状态。如同湿气缓缓渗入一棵渐渐枯死的树木残干，逐渐使它膨胀腐烂，悉达多的灵魂里渗入了世俗气和懒散习气，这些习气渐渐充塞了他全部灵魂，使他的灵魂变得沉重、疲倦、麻木、僵化。与此同时，他的感官却活跃了，学到了很多东西，经历了很多事情。

悉达多学会了做买卖，学会了对人们行使权力，学会了和女人寻欢作乐，也学会了穿着华丽的衣服，使唤奴仆，在香喷喷的热水里沐浴。同时他还学会了享用细致精美的饭食，吃鱼、吃肉、吃禽类、吃调味品和种种甜食，还学会了喝酒，让酒把他带入迟钝迷失的境界。此外他还学会了下棋，掷骰子，坐轿子，观看舞女表演，在柔软的床上睡觉。然而他还是和其他人不同，他感觉自己比他们优越，他永远微带讥笑地冷眼旁观世人，对他们总是带有一点嘲讽意味的轻蔑感，这种轻蔑感和他当沙门僧时经常对世人所怀有的那种感觉一模一样。每逢卡马斯瓦密有了病痛，发怒生气，自以为被人伤害，或者因为买卖上的烦恼受折磨时，悉达多总是带着讥笑的神色在一旁袖手旁观。随着时间的流逝，随着一个个收获季节和雨季的消逝，悉达多这种讽刺的锋芒渐渐地、不知不觉地变得软弱无力了，他的优越感也渐渐平息静止了。随着财富的增长，悉达多渐渐地接受了人们孩子似的生活方式的若干东西，他自己也有了若干孩子气和怯懦。而且，他还开始羡慕他们，随着时间的推移，他和他们越是相似，这种羡慕心也就越发强烈。他羡慕他们具有自己所缺乏，而他们却具备的东西，那种他们可以把自己的生命寄托其上的东西，那种对于欢乐和恐惧的热情，那种对永恒爱情的又担忧又甜蜜幸福的追求。这些人始终不停地迷恋他们自己，迷恋妇女、儿童、荣誉或者金钱，迷恋于种种规划或者理想。但是他并没有向他们学习这些，恰恰没有向他们学习这种孩子似的欢乐和愚蠢。他向他们学习的只是那些令人不快的、他自己也很轻蔑的东西。后来日益频繁地出现了这样的情况：一夜狂欢之后，悉达多第二天便睡到很晚才起床，感觉自己又迟钝又疲乏。还出现了这种情况：每当卡马斯瓦密用自己的烦恼来消磨他的时间时，他便生气发怒，变得急躁不安。还出现了如此情况：每逢掷骰子输了的时候，他便过分地高声大笑。他的面容依然显得比其他人更聪明、更有精神，但是他笑得越来越少，他的脸上接连不断地出现了人们经常在富豪们脸上见到的种种特征，那种不知餍足的、病态的、阴郁的、懒散的、冷酷无情的特征。渐渐地，富豪们的病态灵魂攫住了整个悉达多。

疲乏像一道纱幕、一阵薄薄的烟雾降临在悉达多身上，它们慢慢地变厚，并且一天天、一月月、一年年地变得又浓又沉，好似一件新衣服随着时间的流逝逐渐破旧，它的美丽光彩随着时间而消失不见，出现了斑点，出现了皱纹，边缘也开始破损，这里那里都显露出磨损的样子。悉达多的新生活也是如此，他和戈文达分手后的新生活也已经变得破旧，脸上业已丧失当年的颜色和光彩，斑点和皱纹逐渐集积，原来隐藏在内心的丑恶，如今一一露了出来，得到的只是失望和厌恶。悉达多对此毫无觉察。他只是觉察到自己内心深处那种响亮而坚定、一度使他觉醒并且在他光辉灿烂的成功年代总是起指导作用的声音，如今变得沉默了。

世俗世界已经俘虏了他，娱乐、欲望、懒散以及那个他一贯认为是愚蠢透顶且极其蔑视、讥讽的东西——贪婪，最后也压倒了他。连金钱、产业和财富也把他俘虏了，它们对他已经不再是游戏和玩具，而成了锁链和重负。通过掷骰子游戏，悉达多终于从一条奇怪而奸诈的道路滑进了他自己最后的、最可鄙的歧途。也就是说，他已有相当长的时间忘了自己是一个沙门，悉达多开始参加攫取金钱和珍宝的赌博，以往他是一贯嘲笑此道，而且把它当作儿戏而随随便便参加的，如今却越来越把这当作癖好并津津乐道了。他是一个令人生畏的赌徒，很少有人敢和他抗衡或投入过高的赌注。为缓和心理危机，他从事赌博，挥霍和输光那些可怜的金钱，让自己得到一种发泄怒气的欢乐，他找不出其他任何办法能够更为清楚明了并讽刺挖苦地表明自己对于财富——被商人们奉为偶像的财富——的轻蔑与藐视了。于是他无情地投入极高的赌注，他憎恨自己，嘲讽自己，他赢了成千上万，又一掷千金，输掉了金钱，输掉了首饰，还输掉了一座别墅，后来又赢了回来，接着又输掉了。那种恐惧，那种令人担心和令人窒息的恐惧，每当他玩这种游戏时就化为乌有了，他心惊胆战地投下极高的赌注时，就觉得快活，他试图使这种游戏不断更新、不断升级，他的赌瘾越来越大，因为唯有在这些游戏中他才多少感到有点儿幸福，有点儿陶醉，觉得在自己那饱和餍足、犹豫不决、单调乏味的生活中多少增加了一些内容。每一次输了大钱后，他便设法积累新的财富，他更热心于买卖，更严厉地强迫自己的负债人偿付欠款，因为他要继续参加这种游戏，他要继续挥霍浪费，他要继续向大家显示自己如何蔑视财富。悉达多在赌输时已不再冷静镇定，他不允许欠债人拖延付款，对乞丐失去了同情心，对馈赠早已兴趣索然，不再借款给那些苦苦哀求者。他，这个在掷骰子的游戏中挥金如土的豪赌者，在输光后可以付之一笑的人，做起买卖来却越加厉害，越加小气，偶尔夜里做梦还梦到金钱！他常常从这种可怕的梦魇中醒来，常常在自己卧室墙上的镜子中照见自己的面容日益衰老和丑陋。羞愧和恶心之感也常常向他袭来，于是他便继续设法逃避，去追求新的幸福的游戏，逃入肉欲的麻醉之中，沉溺于酒的麻醉之中，随后又回过头来忙于积累财富和赢利。他在这毫无意义的反复循环中奔波，使自己精疲力竭，日益衰老，身患疾病。

有一天，一个梦警告了他。那天黄昏时分，他和卡玛拉待在一起，在她那美丽的花园里。他们两人坐在树下聊天，卡玛拉讲了一些忧虑重重的话，话语后面隐藏着某种悲伤和倦意。她请求他讲述加泰玛的事，并且老是听不够，加泰玛的眼睛如何纯洁，他的嘴唇如何平静美丽，他的笑容如何善良，他行走时的步态如何平稳端庄。他不得不把这位高贵佛陀的事迹向她讲述了很长时间，接着卡玛拉叹了一口气，说道："到了一定时候，也许不久，我就要去追随这位佛陀。我要把我的花园赠送给他，我要从他的学说中寻求庇护。"可是说完这话之后，她又开始挑逗他，在爱情的嬉戏中带着痛苦的热情把他紧紧搂在怀中，唇对着唇，眼中含着泪水，好似她要再度从这种短暂的淫欲中挤出最后一滴甜蜜。悉达多觉得奇怪，他从来不曾意识到，这种淫欲和死亡的距离是何等接近。然后他躺在她的身边，卡玛拉的脸紧挨着他。这时，他比过去任何时候都更清楚地看到，在她眼睛底下和嘴角边上所显出的可怕字迹，一种由细细线条、淡淡纹路所堆成的字迹，一种令人想起秋天和老年的字迹，于是他想到，就连他悉达多本人也已过了四十岁，他那一头黑发里已经到处出现了白发。卡玛拉美丽的脸上明显地记载着劳碌的痕迹，记载着她走过了一条长长的路途，而这条路并没有愉快的终点，因而她开始憔悴和枯萎。她私下里还从没有说起过她害怕衰老，害怕秋天，害怕必然来临的死亡，也许她还没有不安地意识到这些。他叹着气和她告别，脑子里充满了不愉快，充满了隐秘的恐惧。

晚上，悉达多在自己寓所里和一些舞女饮酒消磨时光，向那些和他地位相当的人开着玩笑，却已经失去了优越感。他喝了大量的酒，午夜之后才摸索着上了床。他感到非常疲倦，却依然很激动，几乎绝望得想大哭一场。他想要睡去却久不能寐，心里充满了一种他自己也认为难以继续忍受的悲苦，充满了恶心，就像是从胃里泛出的酒气，就像是令人觉得甜腻而迷茫的音乐，就像是那些舞女过分娇柔的笑声，也像是从她们头发上和胸脯上散发出来的刺鼻的香气。而比这一切更令他恶心的是他本人，是他自己头发里的香气，是他自己嘴巴里的臭味，是他自己躯壳里的疲乏和不快。好似某个人吃得太多或者喝得太多而感到难受，希望能通过呕吐而解除痛苦，于是这个失眠的人也是这样，希望自己经历这阵巨大的恶心浪潮后能够获得这种满足，能够摆脱这种享乐与恶习，摆脱全部毫无意义的生活，摆脱他自己。直至晨曦微露，住宅前面的马路上开始喧闹时，他才有点瞌睡，他迷迷糊糊地打了个盹。就在这片刻中，他做了一个梦——

卡玛拉有一只金色的鸟笼，里面养着一只奇异的鸣鸟。他梦见了这只小鸟。他梦见这只小鸟变哑了，而从前它每天清晨时分总是啁啾鸣啭。他很奇怪，便走近鸟笼，这才发现这小鸟儿已经死了，直挺挺地躺在笼底。他取出这只死鸟，在自己手里握了一会儿，然后把它扔了出去，丢在马路上，就在这扔出去的一瞬间，他感到很害怕，觉得心里有一阵刺痛，似乎他在扔死鸟时把自己身上一切有价值的和美好的东西也一起扔了出去。

醒来后，他觉得自己被一种深深的悲哀所笼罩了。他看到自己以往的生活是无聊的，既无价值又无意义；没有给他留下任何生机勃勃的东西，也没有任何珍贵或者值得保留的东西。他是孤单的，心里很空虚，好似河滩上一艘遭难搁浅的破船。

悉达多情绪阴沉地来到那座属于他自己的花园，关好小门后，在一棵杧果树下坐下来，感觉死神已进入他心中，感觉满怀恐惧，他坐着，思索着，觉得有什么在自己体内死亡了，枯萎了，正在走向尽头。他慢慢集中起自己的思绪，一生所走过的全部道路再度在脑海中浮现，首先是最早的日子，那时他已能够沉思潜修。他曾否经历过幸福、自己认为是真正欢乐的日子呢？噢，有的，他曾经有过好多次这样的经历。少年时代的他就品味过这种欢乐，当他赢得婆罗门赞扬的时候，当他在背诵圣诗，在和学者们辩论，在担任祭祀仪式的助手时，都有过这种感觉，他显得出类拔萃，远远超过自己的长辈们。那时他心里有过这样的感觉：你面前有一条路，你正受到它的召唤，神在期待着你。接着又到了青年时代，他努力赶超一大群和他同样不断追求更高思想目标的青年，他为婆罗门的思想而痛苦过，每一次到达新的知识领域的同时，心里新的求知欲又被点燃了。于是他总又听见同一个声音在呼唤：“向前！向前！你正受着召唤！”他听从了这个声音，选择了沙门生活，离开了自己的故乡，他又一次听从这个声音离开那批沙门来到那个完人身边，后来也是这个声音让他离开那个完人走向了捉摸不定之中。他已有多长时间没有听见这个声音了，他已有多长时间不再攀登高峰了，他这些年走过的道路何等平坦、何等荒芜，多少年来，他没有崇高的目标，没有心灵欲求，没有任何提高，他满足于小小的娱乐，然而事实上从来不曾满足过！连他自己也并未意识到，他在这些年是努力于、渴望于成为所有许多人中的一个人，成为孩子似的人，但是这些年他的生活较之其他人的生活却更为悲惨和可怜，因为他们的目标和他的大不相同，还有他们的忧虑，卡马斯瓦密这类人的整个世界对他也只是一场游戏而已，只是一场供人观赏的舞蹈、一幕喜剧而已。唯独卡玛拉是他真心所爱的，是他十分看重的——但是她现在怎么样了呢？他还需要她吗，或者她还需要他吗？难道他们要玩一场没有尽头的游戏？为这场游戏而活着是必要的吗？不，这是不必要的！这场游戏的名字叫僧娑洛，一场孩子玩的游戏，这场游戏也许玩起来很迷人，一次，两次，十次——但是可以永远、永远一再地玩下去吗？

悉达多顿时明白，这场游戏已经到达终点，他不能再继续玩下去。一阵寒流朝他身上袭来，侵入了他的内心，于是他觉得自己身上有些东西已经死亡。

那一天他整日坐在杧果树下，思念着父亲，思念着戈文达，思念着加泰玛，为了成为一个卡马斯瓦密式的人而离弃他们是应该的吗？夜幕降临时，他依然坐着不动。他一面抬头仰视着天上的星星，一面想："我现在还坐在自己的杧果树下，还在自己的花园里。"他微微一笑——他本人拥有这么一座花园，拥有这么一棵杧果树是正确的吗？是必要的吗？难道不是一场愚蠢的游戏？

他决定对这一切做个了结，在他眼中这些东西也已经死去。他站起身来向杧果树告别，向花园告别。由于整日没有进食，他感觉到一阵剧烈的饥饿，他想起了自己在市区里的住宅，想起了自己的卧室和床铺，想起了摆满食物的餐桌。他疲倦地笑着，摇了摇头，也向这一切告了别。

就在这同一天夜晚，悉达多离开了自己的花园，离开了这座城市，再也没有回去。卡马斯瓦密找寻他很长时间，认为他一定是落入强盗手中遭了殃。卡玛拉没有找过他。当她听到悉达多失踪的消息时，丝毫没有感到惊讶。她不是始终等着这一天的吗？难道他不是一个沙门，一个流浪者，一个苦行僧吗？她想得最多的是他们最后一次相聚时所得的感受，他们从失败的痛楚中寻取欢乐，在这最后一次会面中她还紧紧把他拉近自己的胸怀，并且再一次感受到自己完全为他所占有和征服。

当她第一次听见悉达多失踪的消息时，她走到窗前，走到关着那只奇异鸣鸟的金色鸟笼前，她取出小鸟，让它飞向空中。她久久地目送着那只飞走的鸟儿。从这天开始她不再接待客人，她关闭了自己的住宅。过了一段时间，她发现自己和悉达多的最后一次相聚竟使她怀孕了。

河边

悉达多在树林里游荡，离开那座城市已经很远很远，他只有一个想法：绝不再回那个城市，以往许多年的生活早已成为过去，他已经尝够了，甚至到了憎恶的地步。那只鸣鸟已经死去，这是他梦中所见。事实上是那只小鸟已经在他的心里死去。

他深深沉浸于僧娑洛之中，他已经从方方面面尝够了憎恶和死亡的滋味，好似一块海绵吸够了水，已经到达饱和程度。他对一切都已经厌倦，心里充满了痛苦，充满了死亡之感，世上没有任何东西再能够吸引他，让他高兴，让他得到安慰。

他热切地渴望忘记自己，渴望得到安静，渴望死亡。但愿有一道闪电击毙他！但愿有一只猛虎吃掉他！但愿有人给他一杯酒，一杯毒药，这药将使他麻醉、忘却和沉睡，永远不再觉醒！难道还有哪一种污秽是他自己所不曾沾染过，哪一种罪孽和蠢事是他所不曾做过，哪一种灵魂上的荒芜空虚是他所不曾承受过的？难道他还可能生存吗？

难道他还可能一次又一次重新呼吸，感到饥饿，重新进食，重新去睡觉，重新去躺在女人身边吗？这种不间断的循环往复对他来说难道还不该中断和结束吗？

悉达多来到森林里一条大河边，这条河正是当年他还是一个青年人时，从加泰玛的城里出来，要求一位船夫为他摆渡的那条河。他走到河边站住了，犹豫不定地停留在河岸上。疲劳和饥饿已经使他十分虚弱，他为什么还要继续往前走，要往何处去，要达到什么目的呢？不，他已经不再有任何目的，除了这些充满深深痛苦的渴望，除了那场震撼了自己的荒唐梦境，除了呕出自己饮下的这杯苦酒，除了结束这一可怕而又可耻的生活之外，他已经什么也没有了。

有一棵椰子树弯曲着伸向河面，悉达多将肩膀靠在树干上，伸出一条胳膊搂住树干，往下俯视着碧绿的河水，河水在他身下潺潺流动，他俯视着河水，心头涌起一个坚定的愿望——解脱自己，让自己沉没在河水中。他身下的河水仿佛倏地出现了一片可怕的空白，这仿佛正是对他灵魂里那种可怖的空白的呼应。是的，他是完结了。留给他的道路只有自己消灭自己，只有彻底摧毁自己那毫无作为的一生，把它抛弃，不理会神灵的嘲笑。这些正是他所热烈向往的巨大突破——死亡，彻底破坏他所憎恨的躯壳！但愿鱼儿把他吞食干净，他悉达多这条狗，这个疯子，这个腐烂败坏的躯体，这个毁坏了的灵魂！但愿鱼儿和鳄鱼将他吞食，但愿恶魔把他撕得粉碎！

他凝视着水中自己那歪曲的脸庞，那面容时隐时现。他浑身疲软，松开了搂着树干的胳膊，稍稍旋转身子以便让自己垂直地落进水里，最终葬身水底。他要紧闭双眼沉下去，迎接死亡。

这时从他灵魂的一个偏僻角落，从他疲倦一生的遥远的过去传来了一个声音。这是一个字，一个音节，他不费思索便喃喃地念出了声，这是所有婆罗门祈祷书里最初的一个字和最后的一个字，这就是神圣的“唵”，它和“功德圆满”或者“完美无缺”具有同样丰富的意义。就在“唵”的声音传进他耳内的一瞬间，他那已经死去的灵魂猛然苏醒，使他一下子认清了自己行为的愚蠢。

悉达多深感震惊。如今他竟处于这等境地，如此孤独，竟背弃一切知识误入歧途，以致想自寻短见，以致这个死的愿望、这个幼稚的愿望会在他身上变得如此巨大：为寻求平静，竟不惜消灭自己的肉体！所有一切痛苦、一切醒悟、一切失望，在最近这段时间里都不能影响他，而眼前这一瞬间，这个“唵”却深深进入他的意识，并对他起了影响，促使他认识到了自己的不幸和迷乱。

“唵！”他出声念着，“唵！”于是他想起了婆罗门，想起了不可摧毁的生命，想起了他已经忘却的一切神圣的东西。

虽然这一切只发生在一刹那，犹如一道闪电，悉达多却已经倒在椰子树下，他的头枕在树的根上，沉入了深深的梦乡。

他睡得很熟，一个梦也没有做，他有很长时间都没有睡得这样的香甜了。几个小时后，当他醒来时，感觉好似已经过了十年之久，他听见轻柔的流水声，不明白自己身在何处，是什么人把他搬到了这里，他睁开眼睛，吃惊地看到头上是树木和蓝天，他回想自己在什么地方，为什么会来到此地。然而他还是迷糊了很长一段时间，过去像被一层纱幕所笼罩着，无比遥远，无限宽广，又完全无关紧要。他只知道自己过去的生活（这种生活在他开始沉思的一瞬间重又在他脑海中浮现，它就像是一个早已消逝的、往日的化身，像是他本人的幼年）——而他已经离弃了这种过去的生活，他满怀厌恶和不幸，宁愿抛弃生命，他在一条河边，在一棵椰子树下，要想回归自我，嘴里念诵着“唵”这个圣字，进入了一个安然死去的境界，此刻醒来却成为一个新人，观望着周围世界。他轻轻地念出“唵”，他曾在默诵这个圣字中入睡，如今他觉得自己那整个过去的年代不过是一次悠长深沉的“唵”的念诵，一次“唵”的思索，一次深入沉思和彻底到达“唵”的境界，到达无可名状的完善境界。

这又是一次何等奇妙的睡眠哪！有生以来还从没有哪次睡眠竟能使他像今天这样头脑清醒、精神抖擞，也仿佛年轻了许多！也许他真的已经死去，已经消亡，而现在托生在一个新的躯体里？但是事实并非如此，他认识自己，认识这双手和这双脚，认识他所躺的地方，认识这个胸膛里的自我，认识这个悉达多、这个固执而奇怪的人，然而这个悉达多也已经有了变化，他获得了新生，他令人奇怪地沉沉入睡，又奇异地觉醒过来，他心情愉快又对一切充满好奇。

悉达多坐起身子，看见自己对面坐着一个人，一个陌生人，一个穿黄袈裟的已经剃度的僧人，他正在打坐静修。他凝视着那个既无头发也无胡子的陌生人，片刻后他认出面前这个和尚就是戈文达，他儿时的朋友，那个向可敬的佛陀寻求庇护的戈文达。戈文达老了，他也老了，但脸上的神色却依然如故，仍表现出热切、忠实、探求和慎重的神色。此刻戈文达感觉到了他的目光，便张开眼睛望着他，悉达多看出戈文达并没有认出自己。戈文达见他苏醒过来十分高兴，显然他已在这里坐了很久，期待他苏醒，尽管他并没有认出悉达多。

“我睡着了，”悉达多说，“你到这里来做什么？”

“你是睡着了，”戈文达回答说，“在这种地方睡觉很不好，这里毒蛇成群，又是林中野兽出没之处。噢，先生，我是尊敬的加泰玛的一个弟子，就是那个佛陀、那个释迦牟尼的弟子，我和一群与我同样的弟子去参拜圣地，路过这里看见你躺在水边，正睡在一个危及生命的地方。因此我试图唤醒你，噢，先生，我见你睡得很香，便决定留下来守护你。但是，你瞧，连我自己也睡着了，而我本意是要守护熟睡的你。我玩忽职守，疲倦征服了我，行啦，你现在已经苏醒，我可以去追赶自己的弟兄们了。”

“我感谢你，沙门，你在我熟睡时看护了我，”悉达多道谢说，“你们佛门弟子都待人厚道。你现在可以继续赶路了。”

“我去了，先生，祝愿先生永远健康。”

“谢谢，沙门。”

戈文达行了一个礼，说道：“再见。”

“再见，戈文达。”悉达多回答。

僧人呆住了。

“请允许我问一句，先生，你怎么会知道我的名字？”

悉达多微微笑着。

“我认识你，噢，戈文达，从你还住在父亲小屋里的时候，从我们在婆罗门学校里的时候，从我们参加祭祀仪式和共同走上沙门道路的时候，也从你在耶塔华那的树丛里请求佛陀收为弟子的时候就认识你了。”

“你是悉达多！”戈文达大声叫道，“现在我认出你了，我真弄不明白自己怎么会没有立刻认出你。欢迎你，悉达多，能够再见到你，我非常高兴。”

“我也很高兴再见到你。你是我熟睡时的守护者，我得再次表示感谢，虽然我并不需要任何守护者。噢，我的朋友，你要到何处去？”

“不去何处。我们僧人常年云游四方，只要不是雨季，我们总是从一地赶到另一地，按照我们自己的规律生活，向人们宣讲教义，接受布施，然后又动身上路。永远如此。你呢，悉达多，你要到哪里去？”

悉达多说：“我的情况和你一样，朋友，我也不到哪里去。我只是不停地赶路，去参拜圣地。”

戈文达说：“你说你也去参拜圣地，这我相信。但是很遗憾，悉达多，你看上去不像一个朝圣者。你穿的是有钱人穿的衣服，脚上是最上等的鞋子，你头发上的香水味儿芬芳宜人，这可不是一个朝圣者的头发，不是一个沙门的头发。”

“好，亲爱的，你观察得很仔细，你那尖锐的目光看清了一切。然而我并没有对你说，我是一个沙门游方僧。我只是说我要去参拜圣地。事实便是这样：我正要去参拜圣地。”

“你去朝拜圣地，”戈文达说，“可是很少有朝圣者穿戴这样的衣服、鞋子，有这样的头发。我年年朝圣，还从没有遇到过像你这样的朝圣者。”

“我相信你所说的，亲爱的戈文达。但是现在，今天，你恰巧碰见了一个这般模样的朝圣者，衣服华丽，鞋子高贵。请记住，亲爱的：造化世界是短暂多变的，是暂时性的，而最不能持久的是我们的外表，我们头发的样式，以及我们的头发和躯体本身。我身上穿着富人的衣服，你清楚地看到了这点。我如此穿戴，因为我曾经是富人，而我的头发修饰得像一般世人和沉湎于酒色的人，因为我曾经是他们中间的一员。”

“那么现在呢，悉达多，你现在怎么样呢？”

“我不知道，我知道得和你同样少。我正走在半途中。我曾是富人，如今不再是了；而我明天将会怎样，我自己也不知道。”

“你失去了你的财产？”

“我失去了财产，或者说是它失去了我。对于我来说，是丢了它。造化的车轮转动何其迅速，戈文达。婆罗门悉达多于今何在？沙门悉达多于今何在？富商悉达多于今何在？一切暂时之物都是过眼烟云，戈文达，你懂得的吧。”

戈文达久久注视着自己的朋友，眼睛里满是疑虑神情。他还是向他祝福问好，如同人们对待上等人那样，然后就动身上路了。

悉达多微笑着目送他远去。他一直爱着戈文达，这个为人忠实、行为谨慎的人。在当前这个时刻，在经历了为“唵”所渗透的奇异睡眠之后的这一美妙时刻，他怎能不爱任何人，不爱任何事物呢！通过睡眠和“唵”在他身上所发生的情况恰恰就是魔力之所在，使他热爱一切，首先是对自己看见的东西全都充满了欢乐的爱。对于悉达多，魔力正在于此，过去他曾病得如此严重，以致不能够爱任何东西和任何人。

悉达多含笑目送着逐渐远去的游方僧人。睡眠使他精神倍增，但是饥饿也在剧烈地折磨着他，因为他已有两天未曾进食，而他顽强地对抗饥饿也已有相当长的时间了。他忧伤地，同时又含着微笑地回想着那些年代。他清楚地记得，当年曾向卡玛拉夸耀自己的三大高贵而不可战胜的本领：斋戒——等待——思索。这些曾经是他所拥有的财富，他的权力和力量，他的坚固的司令部，在他那一系列勤奋而艰苦的青春年代中，他所学习的就是这三大本领，并没有其他任何东西。但是他遗弃了它们，如今这些本领已荡然无存，他已经不再斋戒、等待和思索了。他把自己奉献给了那些最最可鄙的东西，那些昙花一现的东西，那些感官的娱乐、奢侈的生活以及金钱财富！事实上他的境遇何等稀奇古怪。看来，如今他已切切实实成为一个孩子似的世俗人了。

悉达多思考着自己的处境。他曾经对思索毫无兴趣，现在更觉得思索困难了，然而他却强迫自己进行思索。

眼下，他想，我总算又摆脱了所有这一切过眼烟云的短暂事物，我又自由自在地站立在阳光下，就像我过去还是个孩子时那样，没有任何东西属于我，我什么也不会，什么事都做不到，什么东西都没有学习过。这种情况是多么的惊人哪！现在，当我已不再年轻，头发已花白，精力也减退衰弱的时候，我却又要从头，像孩子似的从头做一切事！于是他又无奈地笑了笑。是啊，他的命运是何等的奇怪呀！命运还要伴随他继续往前走，因此如今又变得一片空白，赤裸裸而愚蠢地独自站在世界上。但是他对此毫不忧虑，相反，感到有一种巨大的刺激，引得他想大笑，笑自己，也笑这个奇怪而愚蠢的世界。

“它将一直陪伴我往下走！”他自言自语地说，并且为此而发笑。他一边自言自语，一边把目光投向脚下的河水。他看着河水，河水也是往下流淌的，永远不停地往下流，而且一边流一边欢乐地唱着歌。这情况使他很高兴，他亲切地朝河水发出微笑。“这不正是那条他曾一度想淹死自己的河吗？是在一百年以前，或者是在他的一场梦中？”

事实上我的生活很奇怪，他这么想着，我走着奇怪的弯路。在儿时，我只同神灵打交道，做着祭祀的事。青年时代的我只是奉行禁欲主义，进行思索和潜修，我探索婆罗门的道路，我崇敬永恒的阿特曼。作为一个婆罗门青年，我追随忏悔者，我生活在树林里，忍受着暑热和酷寒，我学习忍受饥饿，学习麻痹自己的身体。随后，那位伟大佛陀的学说又奇妙地启迪了我，我感到关于世界和谐统一的知识就像是我自己的血液似的在环绕着我循环不已。可是即使是佛陀和他的伟大知识，我也不得不离开。我走了，我跟随卡玛拉学习爱情，跟随卡马斯瓦密学习做买卖，我积累金钱，又浪费金钱，我学习娇宠自己的肠胃，学习逢迎自己的感官。我为此花费了许多年，我丧失了灵魂，荒疏了思索，我忘却了统一和谐。事实不正是如此嘛！我慢慢地，绕了一个巨大的弯路后从一个男子汉变成了孩子，从一个思索者变成了一个孩子似的人。然而这条道路也曾经有过极好的时期，而那只鸟还没有在我心中死去。但是这又是一条怎样的道路呢！我不得不经历如此多的蠢事、罪恶、谬误、丑恶、绝望和不幸，仅仅只是重新变成一个孩子，仅仅只是能够从头开始。然而这是正确的，我的心认为它是对的，我的眼睛为它而欢笑。我必须经历种种失望，必须让自己的思想下降到一切最愚蠢的思想中去，直至想到自杀，为了能够体会神的恩典，为了重新听见“唵”，为了能够得到真正的睡眠和真正的觉醒。我必须为自己建造一个大门，以便在自己心中重新找到阿特曼。为了能够重新生活，我不得不犯下罪孽。我还有什么道路可走呢？这条道路是滑稽可笑的，它弯弯曲曲，也许还在绕圈子。然而只要是路，我就愿意随之前行。

他感到自己胸膛里翻腾着奇异的喜悦之情。

他询问自己的心，这种喜悦来自何处，你为什么如此愉快？它大概来源于这次长长的、美好的睡眠，难道是它促成我如此幸福的吗？或者来源自我所念诵的“唵”字？或者来源于我的逃遁，因为我偏爱逃遁，是它终于让我再度自由自在，好似天空下的一个孩子？噢，这种逃遁何等美好，这种自由何等美好！这里的空气又纯净又新鲜，多么令人舒畅！而那边，我离开的那个地方，那里的一切东西闻着都有一股子油膏味、香料味和酒气，都有一种过分富裕和懒惰闲散的味道。我多么憎恨这个富人的世界，这个饕餮者、赌博者的世界啊！我多么憎恨自己，因为我居然在这个可怕的世界里逗留了如此之久！我竟然这样惩罚自己、毁坏自己、毒害自己、折磨自己，让自己变得又老又坏！不，我将来绝不会再做自己曾一度非常乐意去做的事了，我可以想象其结果，因为悉达多要变聪明了！聪明会使我善良、愉快，如今我终于结束了那种自己反对自己的可憎生活，那种愚蠢而荒芜的生活，我必须对此表示赞美！我赞美你，悉达多，经过那么多年的愚昧之后，你又取得了突破，做出了一点行动，你听见了自己胸膛里那只小鸟唱歌的声音，你正随歌声高高飞翔！

他不由得自我赞美着，又好奇地倾听着胃肠里因饥饿而发出的咕噜声。于是他感觉有点儿痛苦和悲哀，因为最后一段时期的日子纯然是虚度浪费，直至自己完全被绝望和死亡所吞食。然而这样也是好的。倘若他没有在卡马斯瓦密身边停留如此长久，赚取金钱，又浪费金钱，填饱肚子，却让灵魂枯竭；倘若他没有在这个舒适的、软绵绵的地狱里居住如此长久，他便不可能达到这种完全无法安慰的绝望境界，也就是这个他站在汩汩流动的河水上下定决心消灭自己的非常时刻。由于他尚能感到这种绝望和深恶痛绝的感情，由于自己并没有向它们屈服，由于那只鸟儿，那欢乐的泉源和声音还生动地活在自己的心里，他为此而深感快乐，为此而放声欢笑，灰白头发下的脸庞因而容光焕发。

“这样很好，”他想道，“把人们认为必须知道的一切都亲自去品尝品尝。世俗的欢娱和财富并不是什么好东西，我从小就已经学过。我知道这一点已经由来已久，而亲身经历却是最近的事。如今我算是真正知道了这些，不仅是在记忆中，而且是亲眼所见，而且用自己的心和自己的胃进行了体会。我很高兴我懂得了这一切！”

他久久地思索着自己这种转变，悉心倾听那只鸟儿和他一样欢乐地歌唱。他不是曾经感到这只鸟儿已在他胸膛里死去吗？不，在他身体内死去的是一些别的东西，是一些早已渴望死去的东西。它们不正是那些他从前在自己激情满怀的忏悔年代中所企图加以扑灭的东西吗？它们不正是那个自我，那个渺小、不安而骄傲的自我，那个他与之战斗了许多年却总是一再被其征服的自我吗？它们经过许多年代的灭绝之后一再重新出现，它们不总是禁止欢乐，接受恐惧吗？它们不正是那些促使他在眼前这条可爱的河里自寻死路的东西吗？它们不也正是通过这场死亡使他变为一个孩子，充满信心、无所畏惧、兴高采烈的东西吗？

悉达多直到此刻才知道，当年作为一个青年婆罗门、一个忏悔者，在这场和自我进行的斗争中为什么会徒劳无益。由于它们的阻挡，我少学了许多知识、许多诗句、许多祭祀规则、许多清苦修行的本领，少做了许多事，少做了许多努力。他曾经多么傲慢自大，总是自以为最聪明、最勤奋，永远比别人先行一步，永远是最有学问和最高尚的人，永远是僧侣或者是智者。他的自我一直悄悄潜藏在这种傲慢自大、高贵风尚和教士精神里，坚固地在那里生根，成长，而他还自以为在自己斋戒和忏悔时便已将它们消灭干净。现在他看得很清楚，自己胸膛里那秘密的声音是正确的，没有任何老师能够解救他。因而他不得不进入世俗世界，让自己迷失在情欲、权力、女人和金钱中，不得不充当一个商人、掷骰子的赌徒、酒鬼和饕餮者，直至自己身上的僧侣和沙门被杀死为止。因而他不得不继续忍受这种丑恶生活，忍受恶心，忍受一种毫无意义的荒芜迷茫生活的指导，直至完结，直至陷于极度绝望，直至连寻欢作乐的悉达多、贪得无厌的悉达多也灭亡为止。他已经死了，一个全新的悉达多已从睡梦中觉醒。总有一天这个新的悉达多也会衰老的，也会死去的，悉达多是短暂的，世上任何形象都是短暂的。但是他今天是年轻的，是一个孩子，这个新的悉达多，内心里充满了欢乐。

他思索着这些问题，含笑倾听着胃里的响声，感激地倾听着一种蜜蜂似的嗡嗡嗡的声响。他愉快地望着眼前汩汩流动的河水，没有哪一条河比这条河流更让他满心喜欢，他从没有听见有哪一条流动的河水带有如此强烈而美妙的音响和含义。他觉得河水仿佛在向他述说什么特别的东西，述说某些正在期待着他去领略、而如今他还不懂得的东西。悉达多曾经想在这条河里溺死自己，今天，那个衰老、疲倦、失望的悉达多已经在这里淹死了。新生的悉达多对这条汹涌向前的河流有着深深的爱，他决定不马上离开这条河。

船夫

我要留在这河边，悉达多暗自思忖，当年我走向世俗生活道路时所经过的正是这条河，当时有一个待人亲切的船夫把我渡过河，我要去找他，我曾经从他的茅屋里开始自己一种新的生活道路，现在这种生活已经衰老死去——但愿我目前的道路，我目前的新生活能够在那里得到一个好开始！

他温柔地望着翻滚的河水，这一片清澈的碧水，勾画出了富于神秘气息的水晶般透明的线条。他望见从水底深处升起一串串闪闪发光的珍珠，望见一个个安详的气泡在明镜似的水面上游动嬉戏，望见湛蓝色的天空映在水面上。这条河正以自己千万双眼睛望着他，有绿眼睛，也有白色的、天蓝色的眼睛，还有水晶般的眼睛。河水使他心旷神怡，他多么爱这条河，多么感谢它啊！他听见自己心里有个声音在说话，这个新觉醒的声音对他说：爱这条河吧！留在它身边吧！向它学习吧！噢，是的，他愿意向它学习，愿意倾听它的声音。谁若懂得这条河以及它的秘密，在他看来，那个人肯定也会懂得许多别的东西，懂得许多许多秘密，懂得一切秘密。

而他今天只看见了河水的一个秘密，就立即被抓住了灵魂。他看到河水滚滚奔流，永不停息地流逝，然而却又像总是停留在原地，不管怎样，河水永远是相同的水，而在每时每刻又都是全新的水！噢，有谁了解它们，懂得它们的感情呢！他并不懂得和了解它们的感情，他只觉得心里正升起一种预感，那遥远的回忆和神灵的声音在他脑海中萦绕。

悉达多挺直身体，腹内强烈的饥饿感使他难以忍受。他继续朝前漫步，沿着岸边小道，沿着汩汩流水，一面倾听着波涛的拍打声，一面倾听着自己体内饥肠辘辘的咕咕声。

他来到渡口，看见渡船正停泊在原处，而船夫也依旧是当年摆渡一个青年沙门过河的那个船夫，这船夫正站在船里，悉达多认出了他，那个人也老了很多。

“你愿意渡我过河吗？”他问。

船夫看见一位衣着华丽的绅士孤身一人，又是自己徒步走到河边，感到很吃惊，他请客人登船后，便把船撑开了。

“你选择了一种美好的生活，”客人对他说，“每天生活在这条河上，又天天行驶在水面上，肯定是非常美妙的。”

船夫一面摇橹一面微笑着回答道：“这种生活是很美，先生，正如你所说的。难道不是每一种生活、每一种工作都很美的吗？”

“但愿如此。可我还是很羡慕你和你的工作。”

“啊，你很快便会失去兴趣的。它可不是一份适合服饰华丽的人干的工作。”

悉达多哈哈大笑。“由于这身衣服，我今天已经被人用怀疑的目光留意过一次了。船家，你愿不愿意接受我这身已成为累赘的衣服？因为应该让你知道，我身无分文，付不出渡船费。”

“先生在开玩笑。”船夫笑着回答。

“我没有开玩笑，朋友。你瞧，我过去曾白白搭你的船渡过一次河，愿上天保佑你。我今天同样也身无分文，因此就请收下我的衣服吧。”

“那么先生不就要光着身子赶路了吗？”

“我希望的是不再继续登程。船家，如果你能够给我一条旧围裙，接受我充当你的助手，更确切地说，是当你的学徒，那真是再好不过的了，因为我首先得学会如何驾驭船只。”

船夫久久地注视着陌生人，思索着。

“现在我认出你了，”他终于说道，“你曾在我的茅屋里睡过一夜，打那以后直到今天，得有二十多年了吧，当年我把你渡过河去后，我们就像好朋友一样分手告别。记得你那时是一个沙门？你的名字我可想不起来了。”

“我叫悉达多，你上次看见我时我是一个沙门。”

“那么我欢迎你，悉达多。我叫华苏德瓦。我希望你今天依然做我的客人，睡在我的茅屋里，并且告诉我，你从何处来，为什么这身华丽衣服使你感到沉重。”

他们已来到河心，华苏德瓦加紧划着桨，迎着逆流朝对岸前进。他用有力的双臂镇定自若地划着桨，目光直视着船头。悉达多坐着，看着船夫，回忆起自己沙门时代的最后一天，当年自己心里也曾激起过对这人的热爱之情。他感激地接受了华苏德瓦的邀请。当他们抵达河岸后，他帮助船夫把船固定在木桩上，船夫把他让进茅屋，用面包和水款待他，悉达多津津有味地吃着，还吃了华苏德瓦端给他的杧果。

日落时分，他们两人一起坐在河岸边一棵大树的树干上，悉达多便开始向船夫叙述自己的出身和生平，描述自己在今天、在那些绝望的时刻，眼中所见到的景象。他一直讲到深夜。

华苏德瓦全神贯注地听着。他一字不漏倾听着悉达多的一切，他的出身和童年时代，他所学习的一切，他所探寻的一切以及他的一切欢乐和灾难。这正是船夫的伟大德行之一：很少有人能够懂得像他这般倾听。用不着华苏德瓦说一个字，讲述者就觉得船夫已经把他的话全都记在心上了，他如此宁静、坦率、耐心地听着，不错过一句话，没有丝毫不耐烦的神色，也不插嘴表示任何赞美或者责备，只是静静倾听着。悉达多感到自己有幸结识这么一位乐于听他讲述的人，真是交了好运，可以把自己的一生、自己的追求和苦恼都深深埋藏在他的心里。

当悉达多的叙述将近尾声，当他讲到河边的那棵大树，讲到自己的堕落，讲到神圣“唵”的作用，讲到自己在那次睡眠之后对河水所具有的深厚的感情时，这时船夫比方才更加注意地倾听着，他双目紧闭，全神贯注地倾听着。

后来悉达多沉默了，两人很长一段时间都没有说话，过后华苏德瓦终于说道：“情况正如我所想的。河水和你说了话。你也是它的朋友，所以它也和你讲话。这很好，好极了。和我待在一起吧，悉达多，我的朋友。从前我有一个妻子，她的床铺就在我旁边，她已经去世很久很久，我已经单身生活了很长时间。你现在就和我一起生活吧，这里的房子和食物足够我们两人享用。”

“谢谢你，”悉达多说，“我谢谢你，我接受你的邀请。我还应该谢谢你，华苏德瓦，你如此善意地倾听我说话！很少有人懂得倾听，我没有碰见过像你这么懂得倾听的人。就这方面我也要向你学习。”

“你是要学习这个本领的，”华苏德瓦回答说，“不过不是跟我学习。是河水教会我倾听的，你也将向它学习这一本领。它懂得一切，这条河，人们能够向它学习一切。你瞧，你已经在向它学习了，这样学习很好，你要不断地努力，沉下去，往深处探索。富裕而高贵的悉达多要当一个船夫的助手，有教养的婆罗门悉达多要成为一个渡船上的船夫，这也是河水向你说的。你将来也会从它那里学到其他许多东西。”

又过了一段长长的间歇之后，悉达多问道：“还有其他的话吗，华苏德瓦？”

华苏德瓦站起身来。“夜深了，”他说，“让我们去睡觉吧。我不能再跟你说‘其他的话’了，噢，朋友。你以后会学习到的，也许你现在就已经懂得了。瞧，我不是一个学者，我不善于讲话，我也不擅长思索。我只懂得倾听和待人诚恳，此外便一无所长。倘若我能言善辩，会开导人，我大概已成为一个圣人，然而我只是一个船夫，我的任务只是渡行人过河。我已经为许多人摆渡，成千上万的人，我这儿的河流在所有这些人眼中都只是他们旅途中的一个障碍而已，并无任何其他意义。他们为了金钱和买卖外出，也有人是去参加婚礼，或者去朝山进香，这条河是他们途中必须经过的，而渡船的船夫正是为他们得以迅速越过障碍而存在于此地的。成千上万的人中有个别人，很少几个人，四个或者五个吧，他们听见了这河水的声音，他们倾听着，于是它对他们也像对我一样变得神圣起来，这河流在他们眼中也不再是一种障碍。让我们去休息吧，悉达多。”

悉达多留在了船夫身边，向他学习驾驭渡船，无人摆渡时，他就和华苏德瓦一起下稻田干活，收集柴火或者采摘芭蕉果。他学习制作船桨，学习修补船只，学习编篮子，他对自己所学的一切都兴致勃勃，一天天、一月月就这样飞快地流逝。正如华苏德瓦所说的，河水教导他学得了更多的东西。他不停地向河水学习着。首先向它学习倾听，学习它以宁静的心境、有所期待和敞开的心灵，没有痛苦、欲望、评论和见解，静静地倾听的本领。

他和华苏德瓦一起友好和睦地生活着，很少讲话，偶尔才互相交谈几句，而且都是经过长久思索的。华苏德瓦不喜欢多话，悉达多也难得能激起他谈话的兴致。

“你有没有，”他某一次问华苏德瓦，“你有没有从河水处学到那个秘密：时间究竟存在不存在？”

华苏德瓦的脸上露出开朗的笑容。

“是的，悉达多，”他说，“你想讲的是不是：河水不论流到何处都是同一时间，不论在源头或者在河口，还是在大瀑布、在渡口、在急流中、在海洋里、在群山间，到处都一样，都是同一时间，因为对于河水来说只存在当前，既没有过去的阴影，也没有将来的阴影？”

“是这样的，”悉达多回答说，“当我向河水学习这些的时候，我看见了自己的一生，它也是一条长河，少年悉达多成了青年悉达多，又成了老头儿悉达多，分成各个阶段的只是阴影，而并非真实生活。因而悉达多早年的出生并不是过去，而他的死亡以及他的返回婆罗门也并非将来。万物无过去，也无将来；世上万物只存在本质和当前。”

悉达多兴奋地说着，为自己这种大彻大悟而深感幸福。噢，某个人有朝一日能够战胜时间，能够把时间置之度外，他岂不就已经克服和扫清了时间所留下的一切痛苦、一切自我折磨和恐惧，克服和扫清了世界一切困难和仇恨？悉达多越说越兴奋。华苏德瓦却只是微微含笑，容光焕发地看着他，一边赞许地点着头，一声不吭，随后便轻轻地拍了拍悉达多的肩头，转过身子去做自己的事了。

又有一次，正值河水猛涨、水流急湍的雨季，这时悉达多又问道：“噢，朋友，河水是不是有很多声音，许多许多种声音？难道它没有一种帝王的声音，一种战士的声音，一种公牛的声音，一种夜鸟的声音，一种产妇的声音，一种叹息者的声音，以及成千上万种其他声音吗？”

“事实如此，”华苏德瓦点头承认，“造化的一切声响都存在于它的声音中。”

“你可知道，”悉达多继续问道，“它说的是什么语言，能够让你一下子同时听见它那成千上万种声音？”

华苏德瓦的脸上展现出幸福的笑容，他低头凑近悉达多，在他耳朵边念出了神圣的“唵”。而这恰恰也是悉达多从河水那里听见的声音。

年复一年，悉达多脸上的笑容渐渐地和老船夫的有点相似了，几乎同样容光焕发，同样辉耀着幸福感，脸上那千百条细细的皱纹也同样闪闪发亮，脸上也同样有那种孩子气，也同样老态龙钟。许多过路人看见这两个船夫都认为他们是一对弟兄。黄昏时分他们常常一起坐在河岸边的树干上，静静地谛听河水的流动声，水声对于他们两人已不是水流的声音，而是生活的声音，是神圣的声音，是永恒的未来的声音。于是偶尔便出现这种情况：他们两人在谛听河水时想到了同一件事情上，想到了前一天的一场谈话，想到了某个过路人，并极力回想这人的面容和遭遇，他们还同时想到了死亡，想到了他们的童年，每逢河水告诉他们一些美好的事物时，他们的目光就会在瞬息之间不约而同地相遇，两个人思考的恰巧是同一件事，两个人又同时为同一问题的同一答复而感到幸福。

过往行人中有一些人觉察到这条渡船和这对船夫有点儿特别。于是偶尔就出现了下列情况：某个行人在凝视两个船夫之一的面容后便开始向他叙述自己的生平，自己的苦恼，忏悔自己的劣迹，恳求安慰和忠告。偶尔还出现下列情况：某个旅客请求和他们共度一个夜晚，以便共同谛听河水。甚至还出现了这等事：某些好奇的人听说这条渡船上生活着两个智慧长者，或者魔术师，或者圣人，就纷纷来到他们身边。这些好奇者向他们提出许多问题，但都没有获得答复，这些人同时发现，他们既不是魔术师，也不是圣贤，只是一对和蔼可亲的小老头儿，他们沉默寡言，看上去有点儿特别，有点儿痴呆。于是好奇者哈哈大笑，互相谈论着传播这一无稽谣言的人是何等愚蠢和易于上当。

许多年过去了，没有人再谈论他们。有一天来了一个朝圣的僧人，他是佛陀加泰玛的一名弟子，请他们把他渡过河去，船夫们从他嘴里知道，到处正流传着佛陀病危的消息，说佛陀为了拯救世人，将要进行最后的涅槃，因此他要十万火急地赶到自己伟大恩师身边去。隔不多久，拥来了一大群朝圣的僧人，接着又来了一大批，于是不仅是僧人，就连大多数过路人和其他游客的话题也离不开加泰玛和他濒临死亡的事情，谁也不谈论别的其他事情。于是就像去参观军队出征或者皇帝加冕，人群从四面八方蜂拥而来，简直是人山人海，他们汹涌集中，简直像蚂蚁聚集一般，他们好似被一种魔力所吸引，纷纷来到伟大佛陀将要涅槃的地方，来到将要出现大事的地方，来到一个时代的伟大完人将要圆寂之处。

在这段时间里悉达多常常想着这位濒危的圣贤，这位伟大的师长，他曾用他的声音告诫民众，并且唤醒了几十万的人，自己也一度聆听过他的声音，也曾满怀敬畏地凝望过他那圣洁的容颜。悉达多愉快地想着他的一切，眼前似乎出现了他走向完善的道路的情景。悉达多含笑回忆起当年年轻时的自己，是怎样向尊敬的长者所陈述的那番言论。那番话现在回想起来都是些既傲慢又少年老成的傻话，他想起它们就不禁发笑。很久以来他就知道自己和加泰玛不会分开太久，虽然自己并没有接受他的学说。不，一个真诚的探索者，一个真诚探索真实的人，是不可能接受任何学说的。他却是个过来人，他已找到了一切，他熟谙一切，熟谙每一种学说、每一条道路、每一个目标，世界上不会再有任何东西可以分隔他和其他千百万人，人人都生活在永恒之中、呼吸着神的气息。

就在许多人去朝拜即将圆寂的佛陀的某一天，在络绎不绝前往朝拜临死活佛的人群中，也有那位曾经是全城最美丽的名妓卡玛拉。她早已退出往日的繁华生活，她把自己的花园馈赠给了加泰玛的弟子们，她接受了加泰玛的学说，她早已成为一切朝圣者的女施主和好朋友。她一听说加泰玛病危的消息，便带着自己的孩子、悉达多的儿子上了路，身上穿着简陋的衣服，步行朝圣。途中她和自己的小乖乖到了这条河边；那男孩早就疲乏不堪了，急着要回家，急着休息，急着吃饭，变得执拗起来，又是哭又是闹。卡玛拉只好不断地让他休息，他已经养成违抗她的意志的习惯，卡玛拉必须经常给他喂食，安慰他，呵斥他。他不明白，他和他母亲为什么必须走上这条又艰苦又劳累的朝圣路，到一个不熟悉的地方去探望一个是圣贤但同时又是一个快要死的陌生男人。他死他的，和小孩又有什么相干呢?

这一对朝圣者已经走到离华苏德瓦渡船不远的地方，这时小悉达多再次请求母亲让他休息。卡玛拉自己也已累乏，趁孩子吃香蕉之际，她也蹲在地上，闭起眼来稍稍休息片刻。突然间，她痛苦地大叫一声，男孩惊慌地看着母亲，她的脸由于惊惧而变得苍白，再往下一看，只见一条小黑蛇正从母亲身下往外游走。蛇已经咬伤了卡玛拉。

他们两人赶紧往前跑，想跑到有人居住的地方。当他们来到渡船附近时，卡玛拉倒下了，她已无力继续行走了。那男孩尖声喊叫起来，同时不断亲吻和拥抱母亲，她也随着他的大声呼救一起喊叫着，直至这声音传到华苏德瓦耳中，他正站在渡船上。他飞也似的跑过去，抱起妇人，放到船里，那孩子紧紧跟随着，不一会儿他们进了茅屋，悉达多正站在炉灶边生火，他抬起眼睛，首先看见的是男孩的脸，这张脸令人惊讶地提醒他回忆起某些已遗忘的东西。然后他望了望卡玛拉，一眼便认出了她，虽然她正毫无知觉地躺在船夫的胳臂里。这时他明白，那男孩正是他的亲生儿子，孩子的脸强烈地提醒他想起自己的脸，于是他的心开始在胸膛里剧烈跳动。

卡玛拉的伤口已经清洗干净，但却发黑了，身体也肿胀起来，他们给她服了一剂汤药。她渐渐地恢复了知觉，躺在茅屋里悉达多的床铺上，她过去曾十分热爱的悉达多正弯腰俯身向着她。这一切竟像一场梦境，她微微含笑望着他亲切的面容，慢慢地才意识到自己目前的情况，想起自己是被蛇咬了一口，接着便惊恐地大声呼唤男孩的名字。

“请不要担心，他就在你身边。”悉达多对她说。

卡玛拉望着他的眼睛。由于毒性的麻痹，她说话已口齿不清了。“亲爱的，你老了，”她说，“你的头发已经灰白。不过你仍然是那个年轻的沙门，那个满脚尘土、不穿衣服到我花园里来的游方僧人。你比当年你离开我和卡马斯瓦密出走的时候更像沙门了。你的眼睛和那时一样，悉达多。啊，我也老了，衰老了——你还能认出我来吗？”

悉达多笑笑回答说：“我一眼就认出了你，卡玛拉，亲爱的。”

卡玛拉指指她的男孩说：“你也认出他了吧？他是你的儿子。”

她的眼睛变得呆滞了，又失去了知觉。男孩啼哭起来，悉达多把他揽到自己怀里，任他哭泣，他抚摸着他的头发，注视男孩的面容，脑子里闪过一段婆罗门的祈祷文，那还是他小时候学会的。他用一种歌唱似的声调开始缓慢地大声念诵，这些来自过去年代和童年时代的词句飞速地在他眼前浮现。在他的歌声抚慰下，孩子逐渐安静下来，偶尔还抽泣一两声，最后便睡着了。悉达多把他放在华苏德瓦的床铺上。华苏德瓦正站在炉灶边烧饭。悉达多望了他一眼，他便报之以一个微笑。

“她快要死了。”悉达多轻声说。

华苏德瓦点点头，炉灶里的火光在他慈祥的脸上闪烁不定。

卡玛拉又恢复了知觉。痛苦扭曲了她的脸，悉达多的眼睛从她的嘴上，从她苍白失色的脸颊上看到了这种痛苦。他默默无言地读着它们，专注而又耐心地沉浸于她的痛苦之中。卡玛拉也感觉到了这点，她的目光寻找着他的眼睛。

她望见了他，说道：“现在我看到你的眼睛也有了变化。它们和从前已经完全不同了。我怎么还能够辨认出你就是悉达多呢？你是悉达多，又好像不是悉达多。”

悉达多默默不语，他的眼睛平静地望着她的眼睛。

“你已经到达了目的地？”她问，“你已经找到了宁静？”

他笑了笑，把手放在她的手上。

“我看见了，”她说，“我看见了。我也会找到宁静的。”

“你已经找到它了。”悉达多轻声告诉她。

卡玛拉目不转睛地望着他的眼睛。她想起自己原本是想去朝拜加泰玛的，她要见一见这位完人的脸，要呼吸一下他身边的宁静的空气，如今却是悉达多替代了他。这样也好，较之她能够见到那个佛陀，应该说是同样的好。她想把自己的想法告诉他，但是她的舌头已不再服从她的意志。她默默地凝视着他，他从她的眼睛里看到生命之火正在逐渐熄灭。当她的眼睛里最后一次满含痛苦，当她的四肢最后一次震颤之后，他用手指合上了她的眼睑。

他坐了很长很长的时间，眼睛望着她长眠不醒的面容。他久久地注视着她的嘴，那张衰老、疲倦的嘴，嘴唇因死亡而变得狭小了。他回忆起自己在往日青春年少时曾把这张嘴比喻为一枚刚剥开的无花果。他久久地坐着，看着眼前这张苍白的脸庞，这张布满了疲倦的皱纹的脸庞，他看着看着，仿佛觉得自己的脸也躺在那床上了，而且同样苍白，同样毫无生气，与此同时他仿佛还看见了自己和她的年轻脸庞，嘴唇红艳艳的，眼睛也闪闪发亮，当前和昔日的两种感情在他身上并存，充盈了他整个儿心灵，这是永恒的感情。此刻他深深感到，比以往任何时候都更为深刻地感到，每一种生命都是不可摧毁的，每一瞬间都是永恒的。

华苏德瓦为他盛了饭，这时他才站起身来。然而悉达多并没有吃饭。在他们的羊厩里，两位老人为自己铺好稻草后，华苏德瓦便躺下睡觉。悉达多却走到门外，在茅屋前整整坐了一夜，他谛听着河水的声音，回忆着自己的过去，生平每个时期的光景同时触动并包围了他。他偶尔站起身子，走到茅屋大门边倾听男孩是否还在熟睡。

次日清早，太阳还不曾露出时，华苏德瓦便已走出羊厩来到自己朋友的身边。

“你整夜没有睡觉？”他问。

“没有，华苏德瓦。我坐在这里听河水的声音。他给我讲了很多很多，他用许多神圣的思想，用和谐统一的思想充实了我，给了我深刻的影响。”

“你经受了痛苦，悉达多，但是我看到，你心里并没有任何悲哀。”

“没有，亲爱的。我为什么要悲哀呢？我，我过去曾经富有和幸福，我现在已更为富有和幸福了。我的儿子已来到我身边。”

“我也欢迎你的儿子。不过现在，悉达多，让我们开始工作吧，有许多事正等待我们去做呢。卡玛拉去世时睡的床铺正是我妻子病故时睡的那张床铺。我们要在之前为我妻子筑过柴堆[1]的小山上同样为卡玛拉垛起一座柴堆。”

当男孩还在熟睡时，他们垛起了一座柴堆。

1 印度有些地方，人死后放在柴堆上火化。

儿子

那孩子哭泣着，心惊胆战地参加了母亲的葬礼，当他听说悉达多要把他认作儿子，还欢迎他定居在华苏德瓦的茅屋里时，心里十分忧虑和恐惧。他整日脸色苍白地坐在埋葬着母亲的小山上，他拒绝饮食，紧闭双眼，也紧锁着他的心扉，苦苦地抗拒着自己的命运。

悉达多很爱护他、体贴他，并且尊重他的悲哀。悉达多知道自己的儿子并不了解他，因而不可能像爱父亲般爱自己。他也慢慢地看到并且明白这个十一岁的男孩是一个娇生惯养的孩子，是受母亲溺爱的娇子，他在富裕的环境里长大，吃惯了精美食物、睡惯了柔软的床铺，还习惯于对仆人发号施令。悉达多明白，一个被娇惯坏的悲伤的孩子是不可能一下子心甘情愿地对陌生而贫穷的环境表示满意的。他不去强迫孩子，千方百计为他设想，把最好吃的东西留给他。他期望用友善和耐心慢慢地赢得孩子的心。

在孩子刚来到悉达多身边时，他一直认为自己很幸福和富足。如今随着时光一天天消逝，那孩子却始终对他们很疏远、很冷淡，摆出一副高傲而执拗的姿态，什么活儿都不愿意干，也丝毫不尊敬两位老人，还偷吃华苏德瓦果树上的果子。于是悉达多开始明白，他的儿子并不能给他带来幸福和安宁，带来的只有忧虑和烦恼。但是他爱这孩子，宁愿为他忍受痛苦和烦恼，也不愿意失去孩子而重享往日的幸福和快乐。

自从小悉达多住进茅屋后，两位老人分了工。华苏德瓦又单独一人挑起了摆渡船的担子，而悉达多为了同孩子在一起，便负担屋里和田地里的事。

长长的几个月中，悉达多期待着儿子会理解自己，会接受他的爱，也许甚至会有所回报。长长的几个月中，华苏德瓦也一直在旁边观望着、期待着，缄默无语。有一天，当小悉达多又大发脾气折磨他父亲，还摔破了两只饭碗时，华苏德瓦便在当天黄昏时分把自己的朋友拉到一边，对他说出了自己的意见。

“请原谅我，”他说，“我对你说的话完全出于一片好心。我看到你在折磨自己，我也看到你有苦恼。亲爱的，你的儿子苦了你，也让我感到苦恼。这只年轻的小鸟过惯了另一种生活，住惯了另一种巢。他和你不同，你当初出于厌倦和腻味而脱离城市和富裕生活，而让他脱离这一切却完全违背了他的意愿。我已经问过我们的河水，噢，我的朋友，我已经问过它许多遍了。可河水只是大笑，他笑我，也笑你，它为我们的愚蠢而直摇头。水愿意找水为伴，年轻人愿意找年轻人，因此你儿子不愿意待在这个不适于他生长的地方。你也来问问河水，你也听听它的意见！”

悉达多忧心忡忡地望着那张亲切的脸，这张脸上牢固地刻着许多愉快的皱纹。

“我怎能和他分开呢?”他轻轻地问，同时感到很惭愧，“再给我一点时间吧，亲爱的！你瞧，我正在为他而奋斗，我要争取他的心，用我的爱心和忍耐心去捕捉他的心。总有一天，河水也会和他说话的，他也是河水召唤来的啊。”

华苏德瓦笑得更温和了。“哦，是的，他也是河水召唤来的，连他也属于永恒的生命。可是我们，你和我，是否知道他为什么被召唤？要去哪里？要干什么？有什么痛苦？他的痛苦并不轻微，因为他的心又骄傲又坚硬，这样的心会忍受许多痛苦，犯许多错误，做出许多错事，会承担许多罪孽。请告诉我，亲爱的朋友，你会教育你的孩子吗？你会强人所难吗？你会不会打他？你会不会惩罚他?”

“不会的，华苏德瓦，这一切我都不会做。”

“我明白。你不会让他为难，不会打他，不会命令他，因为你懂得温柔比生硬更强更有力，水比岩石更强大，爱胜过暴力。很好，我得赞扬你。但是我又想到，你既不逼迫他，又不惩罚他，不是你的失误吗？你不是把你的爱当作绳索捆绑着他吗？你不是每日每时以你的仁慈和忍耐使他蒙受越来越沉重的耻辱吗？你难道没有强迫这个高傲自大而又娇生惯养的孩子和两个食香蕉为生的老人共住一间茅屋吗?这两个老头把米饭也看成是珍馐美味，他们的思想无法和他合拍，他们的心已衰老而又平静，他们的道路也和他截然不同。难道这一切不是对他的逼迫和惩罚吗?”

悉达多惊慌失措地望着地下。他轻声询问道：“你认为我该怎么办呢？”

华苏德瓦回答说：“你把他带回城市去，带到他母亲的住宅里去，仆人们总还在那里，你就把他交给他们。倘若已经没有人，你就替他找一位老师，不是为了受教育，而是得让他同其他孩子们，同男孩和女孩在一起，那里是他应该在的世界。你竟然丝毫没有从这方面加以考虑？”

“你看透了我的心，”悉达多悲哀地说，“我常常想到这方面的问题。可是你看，我怎能把这个心肠如此硬的孩子送到世界上去呢？他会不会变得骄矜自大，会不会在欢娱和权势中忘乎所以，他会不会重复他生身父亲曾经犯过的一切过失？他也许会完全彻底地沉沦于僧娑洛之中。”

船夫的脸上闪出笑容，他轻轻抚摸着悉达多的胳膊，说道：“朋友，问一问河水吧！听，它正在嘲笑你呢！难道你真的看不出你为了让儿子避免犯错误，自己正在干蠢事吗？你能保护你儿子不陷于僧娑洛之中去吗？你怎么做呢？通过开导、通过祈祷，还是通过告诫的方式？亲爱的朋友，你难道完全忘记了关于婆罗门的儿子悉达多的有教育意义的故事吗？这个故事就是你坐在这里亲口告诉我的。当时有谁能够保护他不坠入僧娑洛，不坠入罪恶、贪欲和愚昧之中？难道他父亲的虔诚，他老师的教诲，他自己的知识以及他个人的探索精神能够保护他吗？有哪一位父亲、哪一位老师能够保护自己的儿子，让他不去经历自己的生活，让他免受生活的玷污，让他避免承担罪恶，让他免于饮啜生活的苦酒，让他不去探寻自己的道路呢？亲爱的朋友，难道你相信也许有什么人可以避免走这条道路？也许你的儿子因为你爱他，就可以避开一切痛苦、烦恼和失望，避免走这条道路？但是你即使为他死去十回，你也丝毫不可能改变他的命运。”

华苏德瓦还从来没有说过这么多话。悉达多客气地向他道谢后，满怀忧虑地回到茅屋里，久久不能入眠。华苏德瓦向他说的这些话，其实他自己早就考虑过，心里早就十分清楚了。可是这仅仅是一种认识，他却做不到，他对于孩子的爱，对于孩子的一片柔情，以及生怕失掉这个孩子的心情都远远胜过这种认识。他过去曾对什么人如此倾心相待过吗？他曾经对哪一个人爱得如此盲目、痛苦、绝望却又如此幸福吗？

悉达多不能遵循朋友的忠告去做，他不能放弃自己的儿子。他听任孩子向他发号施令，忍受孩子对他的轻蔑。他沉默着，期待着，开始每日以亲切友好的方式做沉默的斗争，以忍耐的方式进行无声的战争。而华苏德瓦也默默无语地期待着，十分亲切、谅解和耐心地期待着。他们两人都是忍耐的大师。

有一回，那孩子的面容让他极其确切地回忆起了卡玛拉，使他不禁突然想起一句话，那是很多年前他们俩都还年轻时，卡玛拉对他说的。

“你任何人都不爱。”她当时这么对他说。他表示赞同，还把自己比作天上的一颗星星，却把别人比作枯落的黄叶，然而他后来还是觉察到她这句话里包含着责备的意思。事实上他从来没有由于爱别人而干下蠢事。他认为自己不可能这么做，而且他当时觉得这就是他和其他凡夫俗子的巨大区别所在。如今呢，自从儿子来到这里后，连他悉达多也完全变成了一个俗人，一个受痛苦折磨的人，一个爱得丧失了理智的人，一个由于爱而变成了傻子的人。终于在他一生的晚年，连他也有了这种最强烈、最罕见的感情，这种感情引导着他，让他痛苦，然而也使他觉得幸福，觉得增添了一些活力，内心更充实了。

他确实认为对儿子的这份爱，这份盲目的爱是一种狂热，是十分世俗人性的，它就是僧娑洛，一道黯淡的泉水，一股阴暗的水流。尽管如此，他也感觉到，这种感情并非毫无价值，而且是必然的，因为它产生于他的天性。他不得不遍尝一切，乐趣也好、痛苦也好，甚至还有愚蠢。

在这段时间里，儿子尽让他干蠢事，反复为难他，并且整日用发脾气来折磨他。在儿子眼中，这个父亲没有任何吸引力，也没有任何让他害怕的东西。他是一个好人，好父亲，一个温和善良的人，也许是一个极其虔诚的人，甚至是一个圣人——但是所有这一切品德全都不是能够赢得一颗孩子的心的特性。对于孩子来说，这个父亲硬把他留在这座贫困的茅屋里简直是太无聊了，他讨厌这个父亲，因为他对自己的一切顽皮无礼总是报以微笑，对一切辱骂报之以亲切，对一切粗暴报之以和蔼，他认为这正是一个老伪善者的最可憎的狡诈伎俩。这个孩子宁愿受父亲威吓，宁愿受父亲虐待。

小悉达多这种思想有一天终于大爆发，他公然反抗自己的父亲了。这天老人分配给他一点工作，吩咐他去拾些柴火。这孩子却不离开茅屋，他直挺挺地站着，满脸怒火，使劲用脚蹬着土地，一边还挥舞着拳头尖声喊叫着，朝他父亲脸上投去憎恨和轻蔑的目光。

“你自己去捡树枝吧！”他口喷白沫，大声叫道，“我不是你的仆人。我知道你不打我，你根本就不敢；你就只会用你的虔诚和宽容来惩罚我，让我觉得自己渺小。你想让我变成像你一样的人，也是那么虔诚，那么温和，那么明智！可我呢，听着，我绝不让你称心，我宁愿变成强盗、杀人犯，下十八层地狱，也不当你这样的人！我恨你，你不是我的父亲，即使你曾经当过我母亲十次情人！”

他满腔怒火和悲伤，猛然向他父亲倾泻出一连串狂暴而恶毒的话语。然后那孩子便跑开了，直到夜里很晚的时候才回来睡觉。

第二天早晨孩子不知去向，一只用两种颜色的树皮编织的小篮子也失踪了，篮里盛着两位船夫仅有的一些铜币和银币，都是别人付给他们的摆渡报酬。而且连渡船也失踪了，悉达多遥遥望见船停泊在河对岸。那孩子逃走了。

“我要把他追回来。”悉达多说，昨天听了孩子那一番无情无义的话后，他悲痛得心里发颤，“一个小孩子单独一人是无法穿过森林的。他会遭逢不幸。我们赶紧扎一只木筏子，华苏德瓦，否则过不了河。”

“我们是该造一只木筏，”华苏德瓦回答说，“才能把孩子弄走的渡船重新划回来。至于那个孩子就让他走吧，朋友，他已经不是小孩子了，他懂得如何保护自己的。他会找到回城里去的路的，请你记住，他有权这么做。他现在所做的事恰巧是你自己曾逃避的事。他要自己照顾自己，他要走自己的路。啊，悉达多，我看到你现在很痛苦，可是人们对你这种痛苦只能报以耻笑，不久之后你自己本人也会为此感到可笑的。”

悉达多不回答。他已经拿起斧子开始建造筏子。华苏德瓦上前帮忙，使劲用草绳把竹竿捆扎在一起。接着他们上了筏子向对岸划去，湍急的河水把他们冲了回来，但他们奋力逆流而上，终于到了对岸。

“你为什么带着斧子？”悉达多问。

华苏德瓦答道：“我们渡船上的桨可能已经丢失。”

悉达多明白他朋友的心里想的是什么。他考虑到那孩子会扔掉船桨或者干脆把它折断，为了复仇，也为了阻碍他们追踪他。事实上，船桨果真失踪了。

华苏德瓦指指渡船底部，望着他朋友微微一笑，好像在说：“你难道没有看见你儿子想向你说什么话吗？你难道没有看见他不愿意被别人追踪吗？”当然，这些话他并没有说出口。他沉默地动手制造新桨。悉达多还是同他道了别，起身去追寻那失踪的儿子，华苏德瓦却也未予劝止。

悉达多在树林里搜寻了很久之后才想到自己这么做完全无济于事。他想，这个孩子说不定早已走出树林回到城里，或者他还在半路上，但一看到有人追赶肯定会躲藏起来。悉达多再继续往下想，他发现自己并没有为儿子担心，因为他内心深处感到孩子既没有在林中遭逢不幸，也没有遇到危险。尽管如此，悉达多仍然不停歇地继续往前走去，不再是去拯救他的儿子，而是出于本能，想到也许可以再看一眼他的孩子。他一直朝城市的方向走去。

当他来到城外那条宽阔的大路上时，他站住了，望着那座漂亮的花园别墅的入口，这地方从前属于卡玛拉，他就是在这里第一次看见坐在轿子里的她。于是往日的情景又浮现在他的脑海中，他看见自己站在那边，一个年轻的、满脸胡子的、赤裸裸的沙门，头发上沾满尘土。悉达多久久伫立不动，从开着的大门口向花园深处望去，他看见穿黄色僧衣的僧侣在浓绿的树荫下走来走去。

他久久伫立着，沉思着，似乎看见了自己往日的生活景象，听见了飘逝的历史的声音。他久久伫立着，望着那些僧人，仿佛觉得，他们变成了那个年轻的悉达多，变成了那个年轻的卡玛拉，他们俩正并肩漫步在大树下。他清晰地看到自己如何接受卡玛拉的款待，接受她的第一次亲吻，她和他如何轻蔑地回顾他的婆罗门生涯，如何自豪而又满怀渴望地开始了他的世俗生活。他又看见了卡马斯瓦密，看见了仆人们，看见了那些盛大的宴会，那些赌徒，那些音乐师，他又看见了笼子里卡玛拉那只会唱歌的小鸟，他再一次体验了这一切，感受着僧娑洛的滋味，重又感到衰老和疲倦，重又感到恶心，重又感到那种企求解脱自己的愿望，重又体味到那神圣的“唵”。

在他久久伫立于花园大门口之际，悉达多领悟到，驱使自己来到此处的热望是绝对愚蠢的，因为他不可能帮助自己的儿子，也不可能让儿子依附于他。他深深感到对那个逃走的孩子的爱，同时却也觉得这份爱的伤口并不会在他内心骚动，而必然会很快开花结果，放出光彩。

但是在目前这个时刻，这个伤口尚不能开花结果，也不能放出光彩，只是让他十分悲哀。驱使他赶到此地追寻逃走的儿子的愿望既已消失，他心中便只剩下一片空虚。他悲伤地坐下来，只觉得内心有什么东西正在死去，他看不到任何欢乐、任何目标。他十分颓丧地坐着，等待着。这是他向河水学会的本领：等待、忍耐、倾听。于是他就坐着，倾听着，在这条尘土飞扬的大路上，倾听自己的心脏如何疲惫而悲哀地跳动，他等待着一个声音。

他坐在那里倾听着，几个钟头过去了，往日的情景也不见了，他已潜入空虚之中，他听任自己潜没，不再寻求任何道路。当他感到伤僧人痛时，他就无声地念着“唵”，用“唵”来充实自己。花园里的僧人们看见了他，因为他已在那里坐了好几个小时，灰白的头发上积满了尘土，于是有一个僧人走过来在他身前放下两只香蕉。老人没有抬头望他。

有一只手碰了碰他的肩头，把他惊醒了。他当即认出对自己做这一温柔羞怯一触的是谁了。他站起身，向来寻找他的华苏德瓦问好。他望望华苏德瓦那张善良的脸，望着脸上那些充满了纯真笑容的一条条细小的皱纹，望着那一对明亮的眼睛，于是他自己也禁不住笑了。他的目光望见了面前的两只香蕉，便拿起来，递了一只给船夫，自己吃着另外一只。他默默无言地跟着华苏德瓦走进树林，走向渡口的茅屋。他们两人谁也不说话，都不提今天发生的事，谁也没有提到那个孩子的名字，没有人讲到他的逃走，谁也不去碰那个伤口。

悉达多回到茅屋就躺倒在自己的床铺上，片刻后，华苏德瓦走到他身边，想送一杯椰子汁给他喝时，发现他已睡着了。

唵

伤口很久也不愈合。悉达多有时不得不摆渡一些携带儿子或女儿的旅客过河，没有人发现他羡慕这些人，没有人发现他在想："千千万万的人都拥有这种最温馨的幸福——为什么我却没有？就连那些坏人、窃贼、强盗都有自己的孩子，可以爱他们，同时也为他们所爱，只有我没有。"他就这么简单而毫无理性地想了又想，使自己变得和那种孩子似的人一模一样。

现在他对别人的态度已经和从前大不相同，不再那样高傲自大和盛气凌人，而较为热情、关切和好奇。当他像往常一样渡行人过河时，形形色色孩子似的人、商人、士兵们、妇女们看来都不像从前那样使他觉得陌生。他理解他们，他并非由于思想和观点与他们相同而理解他们，而是因为由本能和欲望主导的生活，他觉得自己和他们一样。虽然他已接近完美境界，而且正在承受他的最后一个伤口，但他仍然感到这些孩子似的人都是他的兄弟，他们的种种虚荣、贪心和可笑之处在他眼中已不再可笑，而是可以理解的、可爱的，甚至是值得尊敬的。一个母亲对自己孩子的盲目的爱，一个有教养的父亲对自己独生子的愚蠢而盲目的自豪感，一个爱虚荣的青年妇女疯狂地追求装饰品和男人们的欣赏目光，所有这一切欲望，所有这些孩子气，所有这些单纯而愚蠢，却极其强大、极富生命力并掺杂着强烈欲望和贪心的感情，如今在悉达多眼中已不再是孩子行径，他看出人们为它们而活着，看出人们为它们而无休止地忙碌，四处奔波，发动战争，忍受无穷尽的烦恼，他因此而爱他们，他看到了他们的生活，那种活生生的、不可摧毁的生活，那种婆罗门在他们所有感情、所有行动中所表现的生活。这些人所表现的盲目忠诚、盲目强壮和坚忍也是可爱的、令人钦佩的。就觉悟而言，就人类生活和谐统一的觉悟意识而言，他们什么也不欠缺，学者和思想家对他们无可指摘，哪怕是微不足道的小事，哪怕是这件小事的细枝末节。有些时候，悉达多甚至还怀疑，自己是否对学问、对思想估价过高，自己是否也可能是一个孩子气十足的思索者、一个有思想的孩子似的人。总之，凡夫俗子的能力和智者贤人的能力是相当的，甚至还常常超过智者贤人，正如野兽一样，它们为了生存，在某些时刻也会不受迷惑地顽强搏斗，似乎能够超过人类。

有一种认识在悉达多的头脑里逐渐酝酿成熟，那就是：他一生为之长期探索的目的是什么，究竟是些什么样的智慧。这个智慧归根结底无非就是一种灵魂形成的准备，一种能力，一种神秘的艺术；它能够在生活中的每一瞬间进行和谐统一的思索，既能够感受到和谐统一，也能够吸纳这种和谐统一。渐渐地，这一思想在悉达多的脑子里日益滋长发展，又在华苏德瓦衰老的孩子似的脸庞上体现出来，这就是和谐，就是对世界、微笑和统一的永恒完美性的认识。

然而悉达多的伤口依旧在燃烧，他苦苦思念着自己的儿子，他卫护着自己对儿子的爱和心里的柔情，听任痛苦咬嚼自己的心，干出了一切爱的蠢事。他绝不愿意自己扑灭这场火焰。

有一天，这个伤口灼痛得特别厉害，悉达多匆匆上了渡船，心里只有一个念头，赶紧下船，赶快进城去寻找自己的儿子。河水温和地流着，轻轻地潺潺地流着，当时正是旱季，但是他觉得河水的声音响得有点特别：她在笑！清清楚楚地在笑。河水在笑，在清脆而明朗地尽情嘲笑着这个年老的船夫。悉达多停住不动了，朝河水弯下身躯，以便听得更清楚些，他看见了在静静流逝的水面上倒映出来的自己的脸，这张倒映在水面上的脸使他回忆起了某些东西，某些他已经忘却的东西，于是他便沉思起来，并且找到了它：这张脸和过去自己一度熟识、热爱、又害怕过的另一张脸完全一样。那就是他父亲——婆罗门的脸。他还回忆起许多许多年前，他，一个年轻人，如何强逼父亲答允他出门苦修，自己如何同父亲告别，如何远走高飞，并且从此没有再回过家乡。难道他父亲没有忍受过他儿子目前忍受的同样的痛苦吗？难道他父亲不是没有再见自己的儿子一面就一个人孤零零地离开人世了吗？难道他就不应该预期有同样的命运？这种循环重复，这种环绕着人类关系转圈子的循环，是否是某种喜剧，某种奇怪而愚蠢的事情？

河水在微笑。是的，事实正是如此，世界上的人，只要还没有熬到头，没有得到解脱，那么一切都会重复，重复忍受这同样的痛苦。

悉达多想到这些便重又坐到了船里，重新回茅屋去了。他怀念父亲，怀念儿子，他为河水所嘲笑，他内心进行着斗争，他要绝望了，然而更想要向自己和整个世界放声大笑。啊，伤口还没有愈合，他的心还在为卫护自己而同命运抗争着，他从痛苦中还没有看见愉快和胜利的光芒。然而他已觉察到了希望，因此他要回到茅屋去，他感觉有一种难以抑制的冲动，要向华苏德瓦敞开自己的心扉，要向他袒露自己的想法，向他这位倾听大师诉说自己的一切。

华苏德瓦正坐在茅屋里编着一只篮子。他已经不再为人摆渡，因为他的视力已经衰退，不仅是眼睛，他的胳膊和手也不行了。永远不变、永远存在的只有他脸上那欢乐而又开朗的善良表情。

悉达多坐到老人身边，慢慢开始述说。他现在讲的是过去没有说过的事，讲到他当年是如何进城的，讲到那灼痛的伤口，讲到他看见那些幸福的父亲时的妒忌心情，讲到自己的理智如何认识自己的愚蠢，却又徒劳无益地为此而斗争。他把凡是能够讲的一切统统都讲了，连那些最最羞愧难言的事情都没有漏掉，他什么都说，什么都暴露无遗，能讲的全都讲了。他向华苏德瓦展示自己的伤口，他也坦白了今天的脱逃，讲述自己如何渡河，说这完全是孩子式的脱逃，只是打算进城去转一转，又讲到河水如何嘲笑了他。

当他讲述着，慢慢地讲述着，而华苏德瓦带着平静的神情默默倾听着的时候，悉达多觉得，华苏德瓦的倾听本领较之当年他所感到的更为强大了，他发现，他向他灌输的种种痛苦、焦虑，还有他那些秘密的希望，全都被对方接纳了。向这位倾听者披露自己的伤口，完全如同在河水里沐浴，使自己浑身凉快，仿佛和河水融为一体了。当他滔滔不绝地讲述着，不断供认、忏悔着的时候，悉达多越来越强烈地感到，对面已经不再是华苏德瓦，已经不再是一个凡人，这个倾听他说话的人，这个一动不动的倾听者倾听他的忏悔就像一棵大树汲收雨水一般，这个一动不动的人本人就是河流，就是神灵，就是永恒。当悉达多停止说话，思考着自己，并抚摩自己的伤口时，华苏德瓦已经改变特征的这一认识便占据了他，他对这一点的感觉越是深刻，也就越加不惊奇，就越加清楚地看到，一切都很正常，很自然，因为华苏德瓦很久以来，几乎可以说始终如此，只是他自己过去没有完全认识到而已，是的，他自己过去确实没有认识到这点。他感觉自己现在看待老华苏德瓦就像普通人看待神灵一样，他知道这种情况不可能维持长久；他开始在自己内心向华苏德瓦告别。同时，他仍然不间断地往下述说着。

他讲述完毕之后，华苏德瓦便用他那亲切的、略略显得黯淡的目光望着他，华苏德瓦没有说话，只是默默向他投射着爱和欢乐、理解和体谅。他携起悉达多的手，带他走到河边的老地方，同他一起坐了下来，然后微微含笑地望着河水。

“你已听见河水的笑声，”他说，“但是你并没有听见一切声音。让我们一起倾听吧，你会听见更多声音的。”

他们倾听着。河水温柔地奏出许多声部的合唱声。悉达多望着河水，在流动的水流上映现出一系列图像：他的父亲出现了，孤孤单单，因思念儿子而满脸悲伤；他自己出现了，孤孤单单，他也被思念远方儿子的感情锁链紧紧捆绑着；他儿子出现了，也是孤孤单单的，那孩子也为自己汹涌翻腾的青春欲望的炽热绳索所约束。每个人都建树起自己的目标，每个人都被自己的目标所控制，每个人都痛苦万分。河水吟唱着一种痛苦的声音，它吟唱着一种渴念之情，它鸣响着一种悲伤的声音，它怀着渴念之情朝自己的目标流逝而去。

“你听见了吗？”华苏德瓦的缄默的目光在询问他。悉达多点点头。

“再仔细听听！”华苏德瓦喃喃地说。

悉达多更加努力地用心倾听。他父亲的形象，他自己的形象，他儿子的形象，交错流到了一起，连卡玛拉的形象也出现了，但又都破碎消失了，接着是戈文达的形象，还有其他人的形象，统统交错在一起，又统统随着河水而流逝，大家都把河流看成自己的目标，渴望着、祈求着、苦恼着，而河水吟唱的声音里也充满了渴望，充满了火焚似的痛苦，充满了无法餍足的渴求。河水正奋力朝自己的目标奔驰。悉达多朝匆匆流逝的河水瞥了一眼，他目前所见的河流不属于他或其他任何人，而是属于它自己，所有这些浪花和流水急匆匆地、痛苦地流向自己的目标，流向无数的目标，流向瀑布，流向湖泊，流向急流，流向海洋，它们到达了所有的目标，随即又有新的目标接踵而来，于是水变成蒸汽上升到天空，变成雨水又从天空倾泻而下，成为泉水，成为小溪，成为河流，又努力寻求新的目标，又急匆匆流向新的目标。但是河水的声音已经改变。它仍然探索地、充满痛苦地鸣响着，但是已经有另一种声音掺入其中，那是既欢乐又痛苦、既美好又丑陋的声音，那声音既喜笑颜开又低沉悲哀，是上百种声音，上千种声音的混合。

悉达多倾听着。他已完全沉浸于倾听之中，已成为一个全神贯注的倾听者，他心中一片空白，全力吸收着声响，他觉得自己此刻已把倾听的本领学到了。河水中这千万种声音，他过去也常常听见，今天听来显得格外新奇。他已不能再区别这无数种声音，区别不出哭泣声与欢笑声、成人的声音与孩子的声音，它们全都紧密联结在一起，渴求者的责骂声，智慧者的嬉笑声，愤怒的尖叫，濒死者的悲叹，一切都浑然一体，一切都在互相交织、互相联系着，千百次地互相交错结合在一起。客观世界已把一切都统统集合在一起，一切声音、一切目标、一切欲望、一切苦恼、一切娱乐、一切善良和恶毒统统集合在一起。河流上发生的事情集中了一切，这就是生活的音乐。当悉达多全神贯注地谛听河水所唱出的千百种声部的歌曲时，当他既不带烦恼，也不带欢笑地倾听时，当他的灵魂并不同任何一种声音相关联，却让自我融入其中时，他所听见的是一切，是整体，是统一，因为这首由千万种声音组成的伟大歌曲已凝聚成一个独一无二、无比出众的字，它叫“唵”，它就是完美无缺。

“你听见了吗？”华苏德瓦的目光再度提出询问。

华苏德瓦的笑容光辉灿烂，照亮了他那衰老脸庞上的每一道皱纹，正像“唵”字响彻于河水的一切声音之上。他带着光辉灿烂的笑容凝视着自己的朋友，此时悉达多脸上也展现了同样光辉灿烂的笑容。他的伤口开出了花朵，他的痛苦放出了光芒，他的自我已经融入和谐统一之中。

在这个时刻，悉达多停止了和命运搏斗，也停止了烦恼。他的脸上绽放出睿智的欢乐，他再也不同任何欲望作对，他已懂得了完美无缺，他赞同河流上发生的一切情况，他赞同那充满了哀伤和欢乐的生活的滚滚河水，他委身于水流，他属于和谐统一。

当华苏德瓦从岸边自己的座位上站起身子，望望悉达多的眼睛，看见其中闪耀着智慧的光芒，便以自己特有的温柔和谨慎的方式，用手轻轻触一触他的肩膀说道：“我一直在等待这个时刻，亲爱的。这个时刻终于来临了，让我离开吧。我等待这个时刻已经很久很久，如同我很久以来一直是渡船的船夫华苏德瓦一样。现在一切均已足够。再见吧，茅屋，再见吧，河流，再见吧，悉达多。”

悉达多向辞行者深深鞠躬告别。

“我早已知道，”他低声说，“你要到森林里去吗？”

“我要去森林，我要融入和谐统一中去。”华苏德瓦容光焕发地回答。

他容光焕发地走了，悉达多目送他远去。悉达多怀着深深的欢愉、深深的敬意目送他远去，望见他的步伐充满宁静，望见他的头上光辉灿烂，望见他的整个身躯光芒四射。

戈文达

有一次，戈文达趁休息之际和另外几个游方僧到一座花园别墅逗留过片刻，这正是名妓卡玛拉赠送给加泰玛信徒们的那座花园别墅。他听人说起一个年老的渡船船夫，居住在离该地约一天路程的河流边，很多人都认为那人是一个圣贤。当戈文达重新启程时，他选择了去渡口的道路，他渴望见到这个船夫。因为他虽在自己一生中按照教规戒律生活了很长时间，在那批较为年轻的僧侣中，也以他的年老和谦逊而被他们所尊重，然而他内心里那种骚动和探求的渴望依旧没有平息、没有熄灭。

他来到河边，他请老人为他摆渡，当他们抵达对岸，他要离船时，对老人说："你为我们僧侣和朝圣者做了许多好事，你为我们许多人渡过河。请问，船公，你是否也是一个寻找得道之路的探索者？"

悉达多的老眼含着笑意回答说："你称自己为一个探索者，噢，尊敬的人，但是你不是年事已高了吗，而且又穿着加泰玛派的僧衣？"

"我确实已经年老，"戈文达说，"但是我并没有终止探寻。我永远也不会停止探索，这看来已成为我的决定。而你呢，看来也曾探寻过。你愿意对我说说吗，尊敬的人？"

悉达多回答："老人家，我能够对你说什么呢？还是说说你探索很久的东西？说说你为什么探索不已而无所得？"

"什么意思？"戈文达问。

"当某个人探索的时候，"悉达多回答说，"事情看来很容易，因为他眼睛里只看见这件他所追寻的东西，但是他什么也找不到，什么都不能够进入他的内心，因为他脑子里永远只是想着这件东西，因为他只见到一个目标，因为他被自己的目标所支配了。探索应该称为：我有一个目标。寻找则应该称为：自由自在，独立存在，漫无目的。你，可敬的人，也许事实上是一个探索者，因此你努力追求你的目标，可是却看不见某些眼前的事物。"

"我还是没完全明白，"戈文达请求似的问道，"你说的是什么意思？"

悉达多回答："从前有一次，噢，可敬的人，好多年以前你曾来过这里，你在河边找到一个沉睡的人，你就坐在他身边，守卫着这个入眠者。可是你没有认出他，噢，戈文达，你没有认出这个沉睡的人。"

那游方僧惊讶得好似着了魔，瞪目望着船夫的眼睛。

"你是悉达多？"他胆怯地问，"这一次我也没有认出你！我衷心向你问好，悉达多，又能见到你，我真是高兴！你有了很大改变，朋友。——这么说，你现在真是一个渡船的船夫？"

悉达多亲切地笑笑："一个船夫，是的。戈文达，一些人必须大大改变自己，一些人必须穿上形形色色的僧衣，我也是你们中的一个，亲爱的。欢迎你，戈文达，今儿晚上就在我这茅屋里住下吧。”

戈文达当晚便住在茅屋里了，他睡在过去华苏德瓦睡的床铺上。他向青年时代的朋友提出了许多问题，悉达多不得不把自己的许多经历讲给他听。

待到第二天破晓，新的一天即将开始之际，戈文达不无犹豫地开言道：“在我继续登程之前，悉达多，请允许我再提一个问题。你有没有自己的学说？有没有一种你追随它，它指点你生活和正直地行动的信仰或者理论？”

悉达多回答说：“你知道，亲爱的，当我还是一个年轻人，当我们两人还在森林里和那些悔罪者共同生活时，我就已经对种种学说和它们的宣扬者产生怀疑，而且终于离弃了它们。我现在仍然如此。虽然我后来又有过许多指导者。很长一段时间内，一位美丽的名妓曾是我的老师，一个富有的商人和几个掷骰子赌徒也是我的老师。有一次一位年轻的游方僧也当过我的老师，他在朝圣途中看见我熟睡在树林里，就坐在我身边守候卫护。我也从他身上学到了东西，我也非常感谢他，非常感谢。而使我学到得最多的是这条河，还有我的先行者，那位渡船船夫华苏德瓦。他是一个非常普通的人，这位华苏德瓦并非思想家，但是他懂得一切必要性，他和加泰玛一样看透了世界的本质，他是一个完人、一个圣贤。”

戈文达说：“你还是老样子，噢，悉达多，我觉得你还是爱开点儿玩笑。我相信你，我知道你并没有追随任何老师。但是如果你没有自己的学说——尽管还谈不上是学说，那么难道就不去找一种思想或者一种认识，用来为你所用并且指点你的生活？如果你就这一方面给我稍做点拨，我要向你衷心道谢。”

悉达多回答说：“我曾经有过思想，是的，有时也有过认识。我常常一个钟头或者整整一天，觉得脑子里充满了某种认识，这感觉就像是一个人生活在自己的内心世界里一样。某些思想便是这样，但是我又很难向你表达。你瞧，戈文达，下面就是我所找到的思想之一：智慧是无法表达的。当某个智者试图向人表达智慧时，那智慧听起来总显得很愚蠢。”

“你在开玩笑吧？”戈文达问。

“我没有开玩笑。我说的是我所找到的东西。人们能够传授知识，却不能传授智慧。人们能够找到它，能够生活于其中，能够享受它，能够因它而造成创伤，但是人们却不能够叙述和讲授它。这便是我早在青年时代就已隐约感到，后来又继续向许多老师学到的东西。我找到了一种思想，戈文达，你一定又会说它是笑话或者是愚蠢的，而它却是我最好的思想。它就是：每一种真理，其对立面也同样真实！也就是说：一种真理如果是片面的，那么就会让人们挂在嘴边说个不停。人们头脑能够想到的思想，嘴巴能够说出的话语，都是片面的，一切都是片面的，一切都只是不完整的一半，一切都是整体、圆满、统一体中的残缺部分。当加泰玛佛陀讲述关于世界的学说时，他便不得不把自己的学说分解为僧娑洛和涅槃、错觉和真实、痛苦和解脱。除此之外，人们别无办法，对于一个愿意学习的人，不存在任何别的道路。但是世界本身，不论是我们周围的客观世界，还是我们的内心世界，全都不是片面的。一个人，或者一件事，绝不能纯粹属于僧娑洛或者属于涅槃，而一个人也绝不可能绝对圣洁或者绝对邪恶。在我看来，因为我们受到一种错觉的支配，认为时间大概就是现实。其实时间并不是一个真实的东西，戈文达，我对此已有过许多次经验。如果时间确是非真实的，那么，看来存在于自然世界和永恒之间、痛苦和幸福之间、善与恶之间的差距，似乎也只是一种错觉了。”

“什么？”戈文达恐惧地问。

“好好听，亲爱的，好好听着！我是有罪孽的人，你也是，我们都是有罪孽的人，但是他将来总有一天又要重新成为婆罗门，他将来总有一天会到达涅槃境界，会成为佛陀的——现在你看：这个‘总有一天’是一种错觉，仅仅是一种譬喻而已！这个有罪孽的人并没有走在通向成为佛陀的半途中，他没能够掌握自己的发展，尽管我们的思想除此之外并不知道想象任何其他东西。错了，在有罪孽的人身上，现在和目前就已存在未来的佛陀的影子，他未来的一切已全部具备在他身上，你会崇敬他、崇敬你自己、崇敬每一个未来可能会变成佛陀、眼下却隐蔽着的人。亲爱的戈文达，世界是不完善的，或者可以理解为正走在一条通向完善的漫长道路上：不，它在每一瞬间都是完善的，一切罪孽本身便包含着宽宥赦免，所有儿童身上都具备老年的东西，一切婴儿身上带着死亡，而一切死亡者却有永恒的生命。没有一个人能够预测另一个人的道路会有多么长，强盗和掷骰子的赌徒会发展成佛陀，而婆罗门会发展成强盗。在深邃的冥思中人们有可能使时间中断，使一切过去的、现在的和未来的生活同时呈现，使一切都美好，一切都完善，一切都属于婆罗门。因此在我眼中什么都是好的，死亡和生存一样，罪孽和圣洁一样，智慧和愚蠢一样，万物原本如此，一切都只需要得到我的认可、我的允诺、我的亲切承认就行，因而它们于我总是美好的，绝不会有任何损害。我从自己肉体和灵魂的经验中知道我十分需要罪恶，需要肉欲欢乐，我追求财富，爱虚荣，需要最卑劣的悲观失望，以便学会放弃抗拒，学会爱世俗世界，不再使任何人对我寄予希望，拿我和假想的世界相比较，把我想象成某种完人，而我自己则对世俗世界只是听其自然，还它的本来面目，我愿意爱这个世界，愿意隶属于它。——这些东西，噢，戈文达，就是进入我意识中的一部分思想。”

悉达多弯下身子，从地上捡起一块石头，放在手中掂量着。

“我捏在手里的，”他像玩耍似的说，“是一块石头，它过了一定的时间也许会变成土，从这块土上会生长出植物、动物或者人类。而我从前大概会说：‘这块石头不过是一块石头而已，它毫无价值，它是属于玛雅[1]世界的，但是它经历轮回变化之后也许能够成为人类或者鬼神，所以我也赋予它价值。’我从前大概会如此考虑的。而我今天想的却是：这块石头是一块石头，它同时也是动物，也是神灵，也是佛陀，就这点来说我并不尊敬它也不爱它，因为它总有一天会成为这个或者那个，而事实上不论多长时间它将永恒如此——恰恰由于这一点，由于它是一块石头，由于它今天和现在以石头面目出现在我眼前，我便爱它，并且看到它的价值和意义，这些价值和意义存在于它的每一道纹路和疤痕里，存在于它的黄色中，存在于它的灰色中，存在于它的硬度中，也存在于我叩击它时所发出的声响中，存在于它表面所呈现的干燥或者潮湿中。有许多石头摸着像油或者肥皂，也有些像树叶、像沙子，每一块都和另一块有所差异，每一块都以自己独特

1 印度教中一种幻想中的宇宙。

的方式祈祷‘唵’，每一块都是婆罗门，却都同时恰如其分地是石头，是滑溜溜或者油腻腻的石头，而我恰恰欢喜这一点，让我惊奇不已，让我顶礼膜拜。——不过我再也不可能说得更多了。话语对于隐秘的思想没有好处，每当人们说出什么的时候，那东西立即就会稍稍走样，稍稍被歪曲，稍稍显得愚蠢——是的，就连这一点也极好，也极令我欢喜，我也极表同意，因为被某一个人视作珍宝和智慧的东西，在另一个人听来却往往是很愚蠢的。”

戈文达默默倾听着。

“你为什么给我讲这些关于石头的话？”他迟疑片刻后问道。

“没有什么目的。或者也许由于我们刚刚看见了这石块、这河流以及所有这些东西，使我产生联想，想到我们可能会向它们学习，会爱它们。我会爱一块石头，戈文达，我也会爱一棵树或者一块树皮。这些都是东西，而人是能够爱东西的。我却不能够爱话语。因而种种学说对我毫无作用，它们没有硬度，没有温度，没有色彩，没有棱角，没有气息，没有味道，它们除去话语外便一无所有。也许它们便是阻碍你找到和平的东西，也许它们就是那无数的话语。因为连道德和拯救，连僧娑洛和涅槃也仅仅是话语而已，戈文达。世上不存在叫作涅槃的东西，只存在涅槃这个词语。”

戈文达说道：“朋友，涅槃不仅是一个词语，它是一种思想。”

悉达多接着说：“一种思想，可以这么说。我必须向你承认，亲爱的，对思想和话语我区别得并不十分严格。坦率说吧，我也不是很看重思想的。我最看重的是物体。举一个例子，在这条渡船上，从前有一个人是我的前辈和老师，一个圣洁的人，许多年里他单纯地信仰这条河，此外便什么也不想。他发觉，河水的声音是在同他说话，他便向它学习，河水教导他，指点他，河水在他眼中成了一位神灵。许多年他不知道，每一阵风，每一朵云，每一只鸟，每一只甲虫都完全一样神圣，它们懂得的也同样多，也能像这条可敬的河一样教导他。但是当这位贤人进入森林之后，他立即就会懂得这一切，比你和我懂得更多，不需要老师，不需要书籍，只因为他过去曾经信仰过河流。”

戈文达说：“你称之为‘物’的，是一些真实和客观实在的东西吧？会不会只是一种玛雅的幻觉，只是一种概念和托词？你的石头、你的树木、你的河流——它们都是真实的东西吗？”

悉达多却回答说：“就连这些我也不十分在意。不管这些东西是不是托词，其实我自己也属于托词，因此它们永远是我的同类。这便是我如此爱它们、如此尊敬它们的原因——它们都是我的同类。我因而能够爱它们。这些话现在已是你将加以嘲笑的一种学说，也即是爱的学说，噢，戈文达，爱如今在我眼中是一切事物中最主要的事物。看透世界、阐释世界、蔑视世界，这是一个伟大思想家的事。对于我，唯一可做的事情是：能够爱这个世界，不蔑视它，不去憎恨它和我自己，能够怀着爱、惊叹和敬畏的感情去观察它、观察我以及观察其他一切生物。”

“你讲的我都懂，”戈文达说，“但是佛陀恰恰指出这些都是欺骗。他教导我们善良、宽容、同情和忍耐，却没有教我们爱；他不允许我们让尘世的爱束缚住我们的心。”

“我理解的，”悉达多说，脸上的笑容闪烁出金光，“我理解的，戈文达。你瞧，当年我们在丛林里就曾有过口角之争。我不能否认，我这些关于爱的言论存在矛盾，在表面上同加泰玛的言论有矛盾。正因为对话语言论十分怀疑，所以我懂得，这种矛盾是假象。我懂得，我和加泰玛是一致的。他怎能不承认爱呢？他，认识人类生存中的一切暂时性和虚无性，却仍然如此热爱人类，因而在他独特的漫长而艰难的一生中始终致力于帮助人类，教导他们！就在你伟大的导师身上，在他的身上，我所看重的也是他的事迹远胜于他的话语，他的行为和生活远比他的言论更为重要，他双手的举动也较他的思想更为重要。我看到他的伟大之处，并非是他的言论、他的思想，而是在他的行动上、他的生活里。”

两位老人沉默了很长时间。后来戈文达一面向对方鞠躬辞行，一面说道：“我感谢你，悉达多，你向我讲述了你的一些思想。你有一部分想法很奇怪，我一下子并不能全部理解。它们很可能都是合乎实际的，我感谢你，我祝愿你生活安宁。”

（他私下里却暗暗想道：这个悉达多可真是一个怪人，说的都是一些古怪的想法，他的学说听着很愚蠢。佛陀加泰玛的纯洁学说听着就完全不同，明朗透彻，容易被人理解，丝毫也不包含任何奇怪、愚蠢或者可笑的东西。但是我觉得悉达多除去他的思想之外，还另有特别之处，他的双手和双脚，他的眼睛，他的额头，他的呼吸，他的微笑，他的问候，还有他的步态，莫不如此。自从我们的佛陀加泰玛涅槃而去之后，我再也没有，再也不曾碰见任何一个人，在他面前让我感到：这是一个圣人！唯独他，这个悉达多，使我有这种感觉。他的学说可能很奇怪，他的言论可能听着很愚蠢，但是他的目光、他的双手、他的皮肤和他的头发，统统都闪耀着纯洁，闪耀着宁静，闪耀着开朗、宽容和圣洁的光芒，这些，除了曾在我们尊敬的佛陀弥留之际见过之外，我就没有从任何其他人身上看见过。）

戈文达如此思索着，心里却很矛盾，出于一种爱慕之情，他又朝悉达多鞠了一躬，他向那静静坐着的人深深鞠了一躬。

“悉达多，”他说，“我们都已经是老人。我们此生恐怕没有机会再见面了。我看出，亲爱的，你已经寻找到宁静。我承认我自己未能找到它。请告诉我，可敬的人，请再告诉我一句话，告诉我一些我能够掌握、我能够懂得的话！赠给我一些话，让我带着上路吧。悉达多，我的道路常常很艰难，常常很昏暗。”

悉达多沉默无语，只是含着那永远平静的微笑望着他。戈文达怀着恐惧、怀着渴望瞪目凝视着悉达多的脸。他的目光里明显地露出痛苦和永恒的寻觅、永恒的无所收获。

悉达多看到了这点，于是微微笑了。

“你朝我弯下身来！”他轻轻地在戈文达耳边低语，“你朝我弯下身子！对，再靠近些！再近些！请吻我的额头，戈文达！”

戈文达十分吃惊，然而一种巨大的爱慕之情吸引他听从悉达多的吩咐，他朝悉达多弯下身去，用嘴唇触了触他的额头，于是他发现自己身上有了一些不可思议的感觉。当他的脑子里还在考虑着悉达多那些奇谈怪论，还在徒劳无益地和这些言论进行着斗争，努力抛开时间观念，努力把涅槃和僧娑洛想象为一体的时候，当他甚至还对自己朋友的言论抱一定的轻蔑态度，同自己对朋友的爱和尊敬之情剧烈斗争的时候，奇迹发生了：

他不再看见自己朋友悉达多的脸，却看见其他的脸庞，许许多多、长长一大串的脸，像一条汹涌大河似的脸庞，成百张脸，成千张脸，一张张来了又去了，又一下子同时出现在眼前，所有这些脸都不停地变化着，不断更新，然而统统都是悉达多的脸。他看见的是一条鱼的脸，一条鲤鱼的脸，永远痛苦地大张着嘴，是一条死鱼，眼睛也已翻白。他看见一个新生婴儿的脸——红红的，满是皱纹，因啼哭而扭曲着。他看见一张杀人凶手的脸，看见那人将一把刀子插进另一人的身躯内——就在这同一瞬间，他看见这个犯人被捆绑着跪在地上，一个刽子手猛然一下砍掉了他的脑袋。他看见男男女女的赤裸裸的躯体，正以各种姿势疯狂做爱。他看见直挺挺的尸首，它们安宁、冰冷，脸色苍白。他看见无数动物的头，有公猪的，有鳄鱼的，有大象的，有公牛的，也有鸟类的。他看见许多神灵的像，看见了克里希那神[1]和阿耆尼神[2]。他看见所有这些躯体和脸庞以千万种方式互相联系在一起，每一个都声援着另一个，他们爱着，他们恨着，他们消亡了，他们又获得了新生，每一个都抱有死的愿望，有一种对于短暂人世的痛苦而热烈的忏悔感，然而却没有一个得以死去，每一个只是自我转化着，连续不断地新生，又连续不断地获得一个新的脸庞，而在这一张脸和另一张脸之间并不存在时代的区别——所有这些躯体和脸庞都静息着、流动着、生产着、漂浮着，又互相汇集在一起，而恒久地在一切之上的仍是某种薄薄的、无实质的，但却是实际存在的东西，好似铺上了一层薄薄的玻璃或者冰层，好似一大片透明的皮肤，好似一个由水形成的薄壳、模型或者面具，这个面具微微含笑，这个面具正

1　婆罗门教和印度教三大神之一“毗湿奴”的第八化身。
2　婆罗门教火神。

是悉达多含笑的脸庞，这脸庞正是他，正是戈文达在同一瞬间用嘴唇轻轻接触过的。此刻戈文达看到，这个面具，这个和谐统一的面具是高高超越于一切流动的躯体之上的，这个永恒存在的面具是超越于千百万生者和死者之上的，而悉达多脸上的笑容也完全同它一样，同时也和加泰玛佛陀脸上的笑容完全一样，佛陀的笑容，他从前曾满怀崇敬地凝望过上百次，都是同样的平静、细致、不可捉摸，也许还带点儿亲切，带点儿嘲讽和聪慧的神情，是千百种变化的笑容的总和。这时候戈文达才明白，这是一个完人的笑容。

戈文达不再知道是否还有时间，不再知道这一展现持续了一秒钟还是整整一百年，不再知道对面有一个悉达多还是有一个加泰玛，不再知道自己和他人的存在，好似有一支箭穿透了他的内心最深处，伤口的味道却是甜蜜的，让他内心深处受到迷惑，获得解脱，戈文达又站立了片刻，然后朝刚才他亲吻过的悉达多的平静脸庞躬身致意，这张脸刚才曾经是世上一切形象、一切未来、一切现实活动的舞台。这张脸毫无变化，它表面上的那种深邃的千变万化已重新消失，悉达多平静地微笑着，轻轻地、温柔地微笑着，也许是一种十分亲切的微笑，也许是一种挖苦味十足的微笑，和那位佛陀的笑一模一样。

戈文达深深鞠躬行礼，泪水情不自禁地淌满了他那衰老的脸庞，好似一把火点燃了他内心最深处的爱和最恭顺的尊敬的感情。他深深地弯下身去，几乎要触到了地上，向坐在面前的这个一动不动的人敬礼，这人的笑容让他回忆起所有的一切，回忆起自己一生中曾经爱过的一切，回忆起自己一生中曾经认为有价值和神圣的一切。